イエロー・ジャケット／／アイスクリーム

木村浪漫
Roman Kimura

早川書房

イエロー・ジャケット／アイスクリーム

Prologue : GAME IS OVER

音楽のセンスがいいやつは、暴力のセンスもいい。

暴力のセンスがいいやつは、犯罪のセンスもいい。

犯罪のセンスがいいやつは、人生のセンスもいい。


つまり、音楽のセンスがいいやつは、人生のセンスがいい。

それこそが、ぼくたち〝アサヒナ・ファミリー〟の人生哲学だった。


西暦二〇九六年。アメリカ合衆国。

ニューヨーク州。ロウアー・マンハッタン。

平和の灯りを掲げた、自由の女神が睥睨《へいげい》する視線の先——マンハッタンのウェスト・サイドとサウス・サイドを結ぶ、ハイウェイの高架下。

薄汚れたダウンタウンの、場末の酒場。

〝緋色の破片《レッド・フラクション》〟

バイク乗り兼、重度のアルコール中毒者たちの巣窟みたいなニューヨークの安酒場で、デジタル式のジュークボックスが、退屈なユーロビートを奏でている。

うんざりするような、メロディだった。

優等生的なテンプレート・ビート。どんなフィールも湧き上がらない、単調で模範的なメロディライン。前世紀のユーロビート・ブームに粗製乱造された、有象無象の一つとしか形容できないナンバーだった。

それに、この店に漂う安酒と吐瀉物の饐《す》えた臭いが、有象無象に微《かす》かに残ったユーロビートの爽快感を、すっかり台無しにしてしまっていた。

〝音楽のセンスが悪いやつは、人生のセンスも悪い〟

ぼくたちの人生哲学を代弁するように、テーブル席の中央に座る父さんは雑誌の「プレイボーイ」をアイマスク代わりに居眠りをしているし、ベルートー兄さんは冬眠明けの熊のように、うっそりと店内を徘徊している。

玫瑰紫《メイグェイズ》姉さんは神経質な猫のように入念に爪の手入れ中で、妹のアズールは無表情でブラウニー・タイプのチョコレート・バーを齧《かじ》りながら、経済新聞を読み耽《ふけ》っている。

ぼくもまぁ、野生動物に巣を荒らされたスズメバチのように、不機嫌だった。

ぼくは自分の不機嫌さを誤魔化すように、骨董趣味《アンティーク》なオートバイ・ゴーグルを額から顔に下げ、スポーツバッグから黒と黄、雀蜂《イエロー・ジャケット》色の携帯ゲーム機を取り出す。

取り出した携帯ゲーム機に付属したカメラで、ぼくは店内の様子を撮影する。

ジャック・ダニエル、ジム・ビーム、ワイルド・ターキー――アメリカン・ウィスキーが勢揃いした、年季の入ったボトル・ラックを撮影。

罅《ひび》割れた木製のカウンターテーブルを保存《ストレージ》。

ビールとウィスキーの匂いが染みついたフロアを保存《ストレージ》。

もう何年も洗っていないであろう、ビールサーバーを保存《ストレージ》。

一九七七年、ニューヨーク・ヤンキースが、リーグ優勝した年の記念時計を保存《ストレージ》。

ぼくは撮影した酒場の風景を、ゲーム機内部にストレージしながら〝レッド・フラクション〟店主の人生を想像する。

退屈なユーロビートの、退屈なメロディラインをなぞるように。

高速道路の出口に近い〝レッド・フラクション〟は、きっと平日の夜はアップタウンから帰宅する通勤客で賑わうだろう。

店主は通勤客に、一杯七ドルのビールをジョッキに注ぐ。週末には遠乗りから帰ってきたバイク乗りで賑わう。また一杯七ドルのビールをジョッキに注ぐ。

ジョッキを置いたテーブルでは、常連客同士によるトランプ賭博が始まる。

店主はトランプで勝った客に一杯七ドルのビールを注ぎ、負けた客に一杯七ドルのビールを注ぐ。

日曜日の夜が明け、月曜日の朝方になれば、事故か喧嘩か何かで店頭の路面に散らばった、オートバイクの赤いブレーキランプ——緋色の破片《レッド・フラクション》を掃除する。

そして新しい週が始まり、一杯七ドルのビールをグラスジョッキに注ぐ、月曜日の夜がやってくる。


考えられる限り、最悪の人生だ。

溜息。

人生がうまくいかないのは、音楽のセンスが悪いからだ。

鋭い音楽の感性を持ち合わせていれば、毎日を一杯七ドルのビールをジョッキに注ぐような、退屈なリズムで人生を送ることだけは、あり得ない。

レインボウ父さん、ベルートー兄さん、玫瑰紫《メイグェイズ》姉さん、妹のアズール。

——ぼくたち家族の人生のように。

ぼくたちは、犯罪者たち。

きっと、世にも珍しい、血の繋がった家族による組織犯罪集団《シンジケート》だ。

傷害、殺人、暴行、窃盗、強盗、拉致、監禁、恐喝、詐欺、電脳犯罪——あらゆる犯罪の共犯者、あらゆる法律の造反者であることが、ぼくたち家族の絆なんだ。

家族の、家族による、家族のための犯罪結社。

身内意識が非常に強く、違法行為は私情に多数。

業務上過失致死は、当然ながら自己責任。

ぼくの喜びは、家族の喜びで、家族の苦しみは、ぼくの苦しみ。

強力な家父長制度が支配する、異常にアットホームな家庭です。

「随分と長らく、お待たせしたようだ。〝アサヒナ・ファミリー〟のみなさん」

鷹揚《おうよう》な口調に、油断ならない目つき。それから、危険な物腰――あからさまなくらいに裏社会の仲介人《フィクサー》です、といった風情《ふぜい》の壮年男性。

今回の仕事の仲介人《フィクサー》は、有機人形《オーガノイド》の護衛を二人、左右に構えた盾のように引き連れてぼくたちの前に現れた。

この鷹揚な喋り方の仲介人《フィクサー》の名は、アーネスト・ウィットワーク。

どうせ偽名なのだから、ぼくはこいつの名前を覚えない。

「お待ちするのは構わないが、この店の音楽は最悪だったな」

父さんが億劫《おっくう》そうに顔から「プレイボーイ」をどけると、のそりと立ち上がった。

髪色のメラニン色素を有機的に混ぜて、七色に染めあげたドレッド・ヘアー。

父さんは店内を、蜷色《にないろ》の遮光ゴーグルで覗いた――オーロラ・フィルムで遮光された、父さんの虹色のゴーグルが妖しげな光を放った。

ぼくたちの父さん。

アサヒナ・ファミリーの一家の長。

ぼくたちが巻き起こした、数々の事件の主犯であり、世界中のあらゆる犯罪の王。

朝比奈レインボウ。

――ぼくたちのカミサマ。

「音楽？　そいつに一体、何の問題が？」

ぼくは仲介人《フィクサー》の浮かべた不可解な顔に、カメラを向ける。

保存《ストレージ》。

「この雌ガキ、何をやっている？」

ぼくの代わりに、父さんが仲介人《フィクサー》の質問に答えた。

「ARシューティング・ゲームだよ。景色や人物を有機電脳内に撮り込んで、オリジナルのフィールドや、ユニークなシューティング・ターゲットを構築するんだ」

父さんはいきなり右手で指鉄砲をつくると、フィクサーに向かって、機関銃のように腰だめに構えた。

「ババババ！　バババババ！　ババババババババ！　ズギューン！　バババババババ!!」

仲介人《フィクサー》は、呆気に取られたようだった。

父さんは稚気に溢れた笑みを、口元に浮かべた。

「まだ子供なんだ。大目に見てくれ。――それとな。アンタは勘違いをしているみたいだが、そいつは〝雄〟だ。愛らしいのは外見だけで、股間にゃぶっとい〝針〟がある」

呆気に取られたような表情を浮かべていたフィクサーは、気を取り直すように、大きく咳払いをした。

「あんたらに殺して欲しいのは〝ハニュウ・コーポレーション〟の代表取締役、羽生氷蜜《はにゅうひみつ》。何、あんたらだって、一度は聞いたことのある名前だろう。とんでもない複合企業《コングロマリット》の社長だからな。だが、二度とはない。これからあんたらが殺すからな」

　ぼくたちは黙っている。

「羽生氷蜜は、我々から仕事を奪い始めた。まるで二十一世紀初めの教育熱心な教職員のように、タダみたいなキャッシュで、クソみたいな仕事を請け負っている」

　仲介人《フィクサー》は自分で自分の言葉に頷き、会話らしきものを続ける。

「羽生氷蜜には価値がある。生きている価値がじゃない。死んで生まれる価値が、だ。あんたがた〝アサヒナ・ファミリー〟は、ゴミの分別の天才だと聞いている。――片すべきものを片して、残すべきものを残し、私たちの街に、元通りの価値を取り戻してくれ」

　父さんが心底億劫そうに、口を開いた。

「それで、ゴミの清掃料は？」

「前金で三百万ドルだ。やれるか？」

　父さんは剽軽《ひょうけい》に口笛を吹くと、口元をニヤリと歪めた。

「前にも似たような話があったよ」

「そうなのか？」

「――あぁ。前にもアンタと似たようなやつが、アンタと似たような話を持ちかけてきた。まぁ、その時は一遍でイカサマだってわかる与太話だったけどな。もちろん俺《パパ》は、その間抜け野郎の舌を銃で撃ち抜いて、なんて言ったか――アンタにゃわかるか？」

　仲介人《フィクサー》は父さんの質問に対して、もったいぶった仕草で首を振る。

「さぁ――わからない。教えてくれ」

「俺《パパ》の神《ママ》に曰く――〝汝の舌が悪事を働いた時には、その舌を切って落としなさい。何故なら、全身が地獄に落ちるよりは、マシだからです〟ってな。もしも、もしもの話だけどな、あんたが嘘を吐《つ》いて、上手いこと俺《パパ》たちを引っ掛けようってンなら、俺《パパ》はあんたのその、洒落た悪戯《いたずら》を思いついた脳味噌を、ぶっ飛ばさなけりゃならなくなる。――なにせ、善人が地獄に落ちるのは、忍びないからな」

　レインボウ父さんの言葉に、ぼくたちは一斉に忍び笑う。

　ぼくたちは父さんのことが、大好きだ。

　だから父さんが軽蔑するべき相手を、ぼくたちは殊更に嘲笑する。

「私を疑っているのか？　私の言葉は、掛け値なしに、すべて真実だ」

　どうやらこいつには、父さんが言おうとしていることは、難しくてわからなかったようだ。

「――伊右衛郎《イエロー》、どうなんだ？」

　父さんに名前を呼ばれたぼくは、極めて無機質に答える。

「そいつの本名は、マイケル・サンダーソン。ハニュウ・コーポレーション課長。生年月日は二〇四八年、六月十三日。入社日は二〇六二年、四月一日。社内閲覧用のデータには、そいつの個人情報がまだ残ってる。ついでにこの店の中にいる客は、全員がそいつに協力するＮＹＰＤ《ニューヨーク・ポリス・デパートメント》の私服警官。――まぁ、どう考えたって罠。ニューヨーク市警と、ハニュウ・コーポレーション合同の、囮《おとり》捜査だよね」

ぼくの言葉に、アーネスト改めマイケルは、顔色一つ変えなかった。

「捏造だ。誰かの偽情報に踊らされているだけだ。子供の戯言《たわごと》を、アンタは信用するのか？」

「そいつのメールアドレスと、SNSアカウントも特定したけど、確認する？」

父さんはやれやれ、と言いたげに肩を竦《すく》めると、蜷色に光る遮光ゴーグルをずらして、フィクサーの顔を覗き込んだ。

悪夢のような色をした、濁った右目で、覗き込んだ。

「俺《パパ》に嘘を吐くんじゃない。俺《パパ》はいつも、おまえを見ているからな」

父さんの濁った右目に、気圧《けお》されたように後ろに下がるマイケル。

その背中に妹のアズールが、お尻のピストル・ポケットから引き抜いた、未開封のチョコレート・バーを押し付けていた。

「あなたはパパを、嘘で侮辱した。――万死に値する」

暴力の気配が、〝レッド・フラクション〟に満ちる。

ぼくは大きく息を吸い込んだ。

音楽が始まるのは、いつだって呼吸からだ。

ぼくは酒場のデジタル式のジューク・ボックスをハックして、手製の音楽データを流し込む。

レイフ・ヴォーン・ウィリアムズ作曲――〝すずめばち〟

荘厳なオーケストラから、スズメバチの羽音のような高音のトランペットが唸る。

飢えた灰色熊《グリズリー》のように飛び掛かったベルートー兄さんが、棍棒のように太い迷彩色のサイバー・

アームで、右の護衛の首を捩《ねじ》り切ったのが合図になった。

アズールのチョコレート・バーに仕込まれた小型拳銃《デリンジャー》が火を噴き、マイケルの背中から腹を撃ち抜いた。

玫瑰紫《メイグェイズ》姉さんが手を振ると、左の護衛の顔が魔法のように爆散し、べろりと無機電脳を剥き出しにして、左右真っ二つになった。

ぼくは──ぼくは有機電脳《ハーモナイザー》を起動して手元のゲーム機を操作。

ゲーム機とぼくの思考を、フライ・バイ・ワイアで有機接続《ハーモナイズ》。

ラルフローレンのスポーツバッグから、ぼくの思考と感覚をリンクした、スズメバチを模した飛行ドローン──『VESPA』を飛び立たせる。

電装化《ドレス・アップ》──浮遊する『VESPA』の機体表面に流れる風速と重力値を、『VESPA』と有機接続《ハーモナイズ》したぼくは、まるで自分の素肌で直《じか》に感じ取るかのように、人機一体《マン=マシーン》に知覚している。

マイケルが左手で腹を押さえて、這いずるように逃走。異常事態に気がついたNYPDの私服警官たちが、無線に手を当てながらマイケルの援護に向かう。

『VESPA』=ぼくは、マイケルが逃げる方角に、機銃掃射。

尾部に仕込まれた『VESPA』のフレシェット弾が針の雨のように降り注ぎ、マイケルと私服警官たちの両足の点穴《てんけつ》──承山《しょうざん》、草靡《そうび》、三陰孔《さんいんこう》、陽覇《ようは》、甲利《こうり》、内踵《うちかかと》を穴だらけにして、彼らは前方に倒れこんだ。

父さんが膝から崩れ落ちたマイケルを、嘲笑《あざわら》うように言った。

「片すべきものを片し、残すべきものを残す――アンタの言葉通りさ」

「すぐに応援が来るよ」

父さんが祝福のように、ぼくの黒と黄色の斑髪を左手で掻き分けて、額にキスをする。

「俺《パパ》の神《ママ》に曰く――〝汝、窮地に憔悴《しょうすい》することなかれ。何故ならば、汝は清く、正しく、必ずや救いの手が伸ばされる〟」

ぼくたちは〝レッド・フラクション〟の酒場から、堂々と退場する。

遠くから、警察車両のサイレン音。

目の前には紅蓮色に塗装され、魔改造されたクラシック・カー――『マッハ1』。

ベースの車体は、一九六九年にフォード社が製造した、クラシック・スポーツカーの名機体。

防弾ガラスと防弾タイヤに守られた、要塞のように改造されたマッハ1の車体。勇猛な嘶《いなな》きが聞こえてきそうな黒の記章《エムブレム》。

フロントバンパーには格納された巨大な衝角《ラム》。V型八気筒のスーパー・チャージャーの吸気ノズルは、車外にまで突き出している。

魔改造されたマッハ1の最高速度は、時速三五〇キロメートルに迫り、最大馬力《マキシマム・ホースパワー》は三七〇hpを軽々と超越する。

紅蓮色《クリムゾン・レッド》のマッハ1のウィンドウが開く――褐色の肌に紅色の瞳、アラブの王子さまみたいな風貌の、ハンサムで伊達男なクリムゾン兄さん。

〝アサヒナ・ファミリー〟の長兄――ぼくたちのゲット・アウェイ・ドライバー。

「愛する父と、愛する弟妹たちよ。天国への扉は、今開かれた！」

玫瑰紫《メイグェイズ》姉さん、アズール、ぼくの順番でマッハ1の後部座席に座り、助手席に父さんが乗り込む。

マッハ1の内装もまた、ぼくたち家族のためにカスタマイズされ、まるで最高音質の音楽を提供する、最上級のコンサートホールのような座り心地の座席シートが、ぼくたちを歓迎する。

「オレは大きいからな」

熊のように大きなベルートー兄さんがマッハ1の天井を摑み、木登りをする熊のように天井上部に昇ると、脳内の有機電脳《ハーモナイザー》に姿勢制御された完璧な直立姿勢を取る。

マッハ1の内部スピーカーからは、爽快なユーロビートのメロディ。

〝ハッピー☆ハレルヤ★ハレーション〟

クリムゾン兄さんの選曲は高揚《イカ》してる。

ハイ・テンポのシンセ・リフから、いきなりサビが駆け抜けるところが、最高なんだ。

唸るようにニューヨーク交通機動隊のサイレン音が近づいてくる。

クリムゾン兄さんが、アクセルを踏み込む。

紅蓮のマッハ1のV8エンジンが、獰猛《どうもう》な唸り声をあげて急発進。

ぼくはゲーム機と、付近に設置されたライブカメラをリンク。周囲の市街地マップと、予想されるパトカーの到着位置を、ゲーム機画面に構築《ストラクチャー》。

現場に急行した交通警官が、急発進したマッハ1に向かって発砲。

その時にはもう、ぼくは警官が銃を突き出した角度から予想される、銃撃の軌道を完全に構築《ストラクチャー》している。

ぼくはゲーム機のカメラ越しに、構築《ストラクチャー》された銃弾をターゲット・ロック。

『VESPA』がフレシェット弾を、ターゲットされた銃弾の軌道上に機銃掃射。

「カメラ越しなら、止まって見えるよ」

警官が放った銃弾は、空中で撃墜される。

文字通り、針穴に糸を通すような『VESPA』の精密射撃《ピンホール・ショット》。

クリムゾン兄さんが・赤色のクラクションを盛大に吹奏／『VESPA』が・黄色の弧を描きながら空中を旋回／ベルートー兄さんが・九十連弾装から緑色の銃撃音を秒間十発で発射／マッハ１のホイールが・橙色の音を引いて路面を滑走。

アズールが・ナッツの代わりにブレードの破片がぎっしり詰まったシリアルバーを投擲《とうてき》／玫瑰紫姉さんが・中空に伸ばした右手の中指と親指で指鳴——爆焔と刃片が・紫&青色の音を響かせて・ニューヨークの街に・爆裂四散。

ドの音は赤色・レの色は黄色・ミの色は緑色・ファの音は橙色。

ソの音は青色・ラの音は紫色・シの音は銀色・♯《シャープ》の音は黒色。

ぼくたちは、虹の一色。

レインボウ父さんに指揮された、アサヒナの音楽隊《ブラスバンド》。

行進するオーケストラ楽団のように、世界中を悲鳴と破壊の音で轟《とどろ》かせる。

さらに加速するマッハ１——速度に振り落とされないようベルートー兄さんが、両足を天井上部のアンカーに固定。

ベルートー兄さんの非人間的な直立姿勢——首から腰、脊髄に沿って内蔵されたジャイロ・スタビライザーが一八〇度回転、後方の警官隊に鉛玉を撒き散らす。

車上でジャイロ独楽《こま》のように一回転したベルートー兄さんは、両手に木製ストックの機関銃を正面に構え、前方に突き出す。

「見ろよ、どうあっても、オレたちを止めたいみたいだぜ」

ベルートー兄さんが突き出した機関銃の先、NYPD交通機動隊によって、マッハ1前方の道路に敷き詰められた、幾枚もの剣山絨毯《スパイク・ストリップ》。

それに加えて、十台以上の交通警官の警邏《けいら》車両が、道路を完全に封鎖している。

クリムゾン兄さんが、バリケード越しに拳銃を構えた警官隊を、馬鹿にするように笑った。

「青は進め。黄色は気をつけて進め。じゃあ、赤色は？」

ぼくたちは声を揃える。

「カッ飛ばして進め！」

クリムゾン兄さんが、マッハ1の木製トグルスイッチをオン。車外のスーパーチャージャーの吸気筒が、物凄い勢いで空気を吸い込んでエンジン内部を加圧。ニトロ燃料が爆発的に燃焼、排気筒が火山の噴煙のように有害ガスを排気。

マッハ1が、鞭打たれたように瞬発的に加速。

車内のぼくたちは両脚を突っ張り、マッハ1の座席シートに体を預ける。

クリムゾン兄さんがチューニングに心血を注いだマッハ1の、すべてを前に擲《なげう》つような、直線的な前方加速。

halleluiah,halleluiah,halleluiah,halleluiah,halleluiah!!

ハッピー☆ハレルヤ★ハレーションの鍵盤旋律《シンセリフ》。

ベルートー兄さんが警官隊に向かって、二丁機関銃《ダブルマシンガン》を牽制射撃《ピックオフ・ショット》。

いきなり巣穴を外敵に攻撃されたクロオオアリのように、大急ぎで警官隊がバリケードの内側に身を伏せる。

「ハッピー☆」

マッハ1の防弾タイヤが剣山絨毯《スパイク・ストリップ》に引っかかって横滑り、同時にクリムゾン兄さんはアクセルを全開で踏み込む。

「ハレルヤ★」

赤の直線と化したマッハ1が、宇宙ロケットのように飛翔する。

紅蓮の銃弾のように、マッハ1が空中で三六〇度回転。

「ハレーション!!」

紅の軌跡を引いて空中で回転したマッハ1は、警官隊の頭を飛び越え、重い鋼鉄の音を響かせながら、舗装された路面に着地。

「ハレルヤ!!」

ぼくたちは喝采の声をあげる。

　そのままマッハ1は急加速、呆然と空を仰いだ警官隊を置き去りにする。

　急加速＋飛翔&着地＋再加速——立て続けの危険運転に、わずかにクリムゾン兄さんのハンドル捌《さば》きが乱れ、マッハ1の車体が揺らぐ。

　道路を横断しようとした母親に／手を引かれた・五歳くらいの・女の子——一秒後には母娘の挽肉《ミンチ・ミート》で、仲良く親子《チキン・アンド・エッグ》丼の出来上がりだ。

　ぼくは『VESPA』をマッハ1よりも大加速／『VESPA』胴部に格納されていた精密作業用マニュピレータを伸長／空気抵抗で減速しながら哀れな母娘を・マッハ1の横合いから掻《か》っ攫《さら》うように低空飛行——スズメバチの騎士のように『VESPA』が、挽肉寸前の母娘たちを、出荷直前で救出する。

「どうした伊右衛郎《イエロー》！　今の女の子は、オマエの彼女だったのか!?」

　車上のベルートー兄さんが豪快に笑う。

「お兄ちゃんは、そういう所が甘《きら》い」

　何故かぼくに向かって、むくれ顔をするアズール。

「女好きの血は、争えないのかな」

　クリムゾン兄さんが、揶揄《からか》うように微笑する。

「茶化さないでよ、もう。——でも、女のひとが笑ってるのは、なんだか嬉しい気持ちになるよ」

　玫瑰紫《メイグェイズ》姉さんが、不機嫌そうな顔をぼくに向ける。

「意味わかんない。警官隊の中にだって、女はいただろ?」

「警察官は別。ぼくたちに銃を向けたら、そいつは〝男〟だからさ」

爆笑に包まれる車内。

笑顔の絶えない、ぼくの自慢の家族たちです。

姦《かしま》しい家族の笑い声と共に、猛スピードで走行するマッハ1。

——ぼくたちは、無敵の家族だった。

助手席のレインボウ父さんが両手を挙げて、ぼくたちに語りかける。

「〝空手《カラテ》〟——空っぽの両手。これこそが俺《パパ》たちの最強武器だ。持たざる者たちの最終兵器だ。頭蓋の有機電脳《ハーモナイザー》が導く悪夢のままに、俺《パパ》たちの空の両手は、あらゆる全てを創造する。俺《パパ》たちの空手は、生まれながらに神を握り締めている！」

レインボウ父さんが、掲げた両手を固く握り締めた。

「俺《パパ》たちの空手は、水道管を加工して使い捨てのバズーカを製造できる。簡易ライターで溶かした飴《ジョリー・ランチャー》玉をアルミホイルで焼き固めれば、切れ味鋭いナイフの一丁上がりだ。俺《パパ》たちは単三電池とカメラのストロボ回路から閃光爆弾《フラッシュ・グレネード》を作り出せれば、生理用ナプキンに酢酸とニトログリセリンを染み込ませて、即席の爆弾の威力を試してみることだってできる。だがしかし、俺《パパ》たちから武器を取り上げて、俺《パパ》たちの両手を縛り上げて、俺《パパ》たちがいなくなって、それから世界は平和になると思うか？」

「ノー！　ノー！　ノー!!」

「その通り、答えはNOだ。誰もそんなこと本当には思っちゃいない。誰もが腹いっぱい飯が食えて、誰もがいい女が抱けりゃあ、家庭に一台ICBMが配備されたって、世界は平和になるさ。だが、それでも俺《パパ》たちの世界に対する反逆は終わらねぇ。政治家、企業役員、警察官僚、地主、投資家、銀行員、医学者、学校の教師――聖人面《づら》して世界の支配者気取りの連中が、気に入らねぇ。俺《パパ》たちの取り分を横取りして、私腹を肥やしてる連中が許せねぇ。くだらねぇ仕事《ラン》で、まったく機嫌が悪くなっちまった。これからそんな薄汚ぇ成金連中の薄ぺらい横っ面を、思い切り殴りに行こうぜ!!」

「ヤー! ヤー! ヤー!!」

父さんの名演説に、ぼくたちは喝采する。

天井でベルートー兄さんが太鼓のように足を踏み鳴らし、玫瑰紫姉さんが爆竹をぱちぱちと、ガイ・フォークスのお祭りのように炸裂させる。

拍手喝采の中で、ぼくとアズールが、功夫《クンフー》の拳立て伏せ《ナックル・プッシュ・アップ》のやりすぎで、すっかり中手骨が平べったく硬化したお互いの拳を打ち鳴らし、車内のスピーカーから、レインボウ父さんを称えるための讃美歌《クワイヤ》を流そうとしていたクリムゾン兄さんが――いきなりマッハ1のハンドルを右に切った。

横滑りするマッハ1の前方、信号機の横ですれ違う対向車の車影から、百機以上の小型ドローンが出現――二対四枚の翼を持つミツバチに酷似した、洗練されたフォルムのドローン。

ミツバチ・ドローンは、ぼくの『VESPA』よりも高速で空中機動《ベクター・スラスト》。

背中から生えたベクター・ノズルから飛航跡雲《ヴェイパー・トレイル》を幾つも引いて、女王蜂に統率されたミツバチの群れのように、車上のベルートー兄さんに襲い掛かる。

両手の機関銃を振り回してミツバチ・ドローンを追い払いながら、ベルートー兄さんが大声で叫ぶ。

「伊右衛郎《イエロー》！ こいつらミツバチは、ひょっとしてオマエのお友達の仕業か？」

「あんなの知らないよ！ 未登録のドローン！ ——でも、かなり速い」

ぼくは援護のために後方から『VESPA』を飛ばし、高速旋回。尾部の機銃を振り回すことで、ベルートー兄さんに群がったミツバチ・ドローンを追い払う。

追い払われたミツバチ・ドローンは、攻撃目標をマッハ1の防弾タイヤに変更。

『VESPA』が追尾して何匹かを撃墜するが、ミツバチの数が多すぎる。

逆に『VESPA』の機体が、ミツバチの群れによって包囲されてしまう。

蜜蜂一過《ハニービー・サイクロン》。

ミツバチ・ドローンの暴風雨が通り過ぎた後には、火花を散らす『VESPA』の残骸だけが、路上に残っていた。

『VESPA』を撃墜したミツバチの群れは、マッハ1の足回りを執拗に攻め始める。

「極めて危険な状況だ。五百秒以内に走行不能、間違いなしだな」

普段は冷静なクリムゾン兄さんの、珍しく焦った声。

野生のミツバチそっくりのドローンの羽音《バズ》が、車内にまで響いてくる。

耳障りな音だ、とぼくは思う。

なんだかよくわからないけど、この音を聞いていると、胸がざわついてくる。

助手席で父さんが、ディズニー映画の象《ダンボ》のように、両手を耳に当てた。

「ブンブン・ブブブ・ブブブブ・ブブブン・ブン——。なんとも情熱的な音だ。見つけた獲物は絶対に逃がさないという、偏執狂的な音でさえある。だがしかし、こいつは復讐のメロディじゃない。こいつは俺《パパ》たちへの報復や仕返し、社会的な正義のために音楽を奏でていない。咲き誇る花畑を見つけた、ミツバチの純粋な歓喜——こいつは十中八九、恋のメロディさ」

車中のぼく以外の家族全員が、深く頷いた。

年下のアズールまで、訳知り顔で頷いていたから、ぼくは少しどきりとする。

「みつばちは単為生殖だよ、父さん。みつばちの生活環は、半倍数性の性決定様式で成立している。女王蜂は唯一、自らの分身を産むためにパートナーを必要とする有性生殖をするけれど、それはみつばちの本能に従っているだけ。遺伝子に支配されているだけだ。みつばちは恋なんて、きっとしないさ」

レインボウ父さんは、ぼくの言葉に、ただ、首を振っただけだった。

「おまえはまだ、恋を知らない。恋は沸騰する血液みたいなものさ。煮え上がった血流が体中を駆け巡り、肉体を一心に突き動かす。決して恋は、遺伝子だけに支配されたりすることはない。俺《パパ》の耳が確かなら、こいつは、おまえのためのメロディさ。伊右衛郎《イエロー》」

父さんは助手席から後部座席へと身を乗り出して、ぼくを抱き締めた。

「恋は、あらゆる艱難辛苦《かんなんしんく》を障害としない。あらゆる困難を不可能の理由としない。どんな代償を支払っても、この恋するドローン使いは、必ずおまえを手に入れるだろう。俺《パパ》の家族たちが、世界中に存在するように。——さぁ、状況を整理するぞ。現状、おまえ一人のために、一家全員が、致命的な窮地に陥っている。今すぐ選べ、伊右衛郎《イエロー》。家族の安全か、それとも自分の命かを。俺《パパ》は——どちらでもいい」

——わかってるよ、父さん。

ぼくたちは家族。

血を別《わ》け、骨肉を相食《は》んだ、大勢で一つの一家。

全ての家族は、一人の家族——レインボウ父さんのために存在する。

家族は、家族だから、家族なんだ。

この反復呪縛《トートロジー》を受け入れることが、〝アサヒナ・ファミリー〟の家族の絆《オメルタ》なんだ。

クリムゾン兄さんが俯《うつむ》いて、車内スピーカーの音楽を切り替えた。

胸が締め付けられるように切ない、ヴァイオリンの旋律が車内に流れる。

ウォルフガング・アマデウス・モーツァルト——〝鎮魂歌《レクイエム》〟

父さんが胸に十字を切って、黙禱を捧げる。

「俺《パパ》の神《ママ》に曰く——〝息子よ。これは試練だ。焼き尽くされる生贄《いけにえ》は、おまえ自身が決定する〟」

妹のアズールも父さんの真似をして胸の前で大きく十字を切り、玫瑰紫《メイグェイズ》姉さんが掌の中で、爆竹を小さく鳴らした。

ベルートー兄さんが鼻水をすすりあげ、弔砲のように機関銃を空に発砲した。

助手席から後部座席に身を乗り出したレインボウ父さんが、ぼくを抱き締めてから、背中を力強く叩いた。

「男を見せろ。伊右衛郎《イエロー》」

それが合図だった。

ぼくはマッハ1のドアロックを開け、時速二七〇キロメートルの速度で走行するマッハ1から、体を空中に投げ出す。

永遠のような一秒《ワンタイム・ライク・フォーエヴァー》。

十四年間のぼくの人生が、走馬灯のように駆け巡った。

レインボウ父さん。クリムゾン兄さん。ベルートー兄さん。玫瑰紫《メイグェイズ》姉さん。妹のアズール。世界中に存在する、ぼくの兄弟姉妹《アサヒナ・ファミリー》たち。

——お母さん。

そのまま路面に叩きつけられるはずだった、十四歳のぼくの体は、空中で群がったミツバチ・ドローンによって、その衝撃を緩和されていた。

複数台のパトカーのサイレン音が、近づいてくる。

ぼくが右手に握ったままの雀蜂《イエロー・ジャケット》色のゲーム機画面は、ぼくを取り囲む警官隊を構築《ストラクチャー》している。

『GAME IS OVER』

その通り。打つ手なしの、ゲーム・オーバーだ。

ゲーム機に表示されたゲーム・オーバー画面を、飛んできたミツバチ・ドローンの前肢が叩いた。

『CONTINUE?　YES／NO』

泣きっ面に蜂ってこと？

ぼくは迷わず『NO』を選択する。

ぼくはノー・コンティニューだ。

ぼくはまだ、死んでいない。

どこも痛んでいないし、傷ついてもいない。

——ぼくは父さんに、男を見せることが、できなかったんだ。

CONTINUE 1 ：Beehive High School

西暦二〇九六年。日本国。有機都市東京。

千代田区神田外郭《チヨダ・ブロック／エリア・カンダ》――千代田摩天楼。

『科学と緑のまち。有機都市TOKYO』――バイオ燃料で飛行する有機気球《バイオバルーン》が、東京千代田の夕焼け空を、幻光《ホロ》スローガンを引いて遊覧している。

有機気球《バイオバルーン》の真下、超巨大構造物《メガストラクチャー》が突き立つ千代田摩天楼の間を貫いて、環状十六号線と新山手線、そして曙橋の関防水門で浄水され、有機工学的に治水制御された第四神田川が、三次元的に都市上空で立体交差《ジャンクション》している。

立体交差《ジャンクション》した陸路と水路の中継点では、国内大手運輸企業の『百貨飛車』による荷物《パケット》の受け渡しが間断なく行われ、全身の配達ユニフォームに、幻光コマーシャルを貼り付けた広告飛脚《コマーシャル・ランナー》たちが往来を行き来。絶え間なく生体内を循環する血液のように、都市内部を人々と物資とが流通している。

千代田摩天楼ではバイオクリート壁全面を品種改良された地衣類が、深緑色の絨毯のように覆い、湿度と二酸化炭素を吸収して、清涼な酸素を都市に供給している。

人工的に再構築された有機の森は、酸素を供給するだけでなく、東京都民の生活と都市の摩擦によって排出される、人工排熱による都市気温の上昇を抑制している。

宇宙軌道上を周回する人工衛星に搭載された観測機器による映像からは、この街は巨大な都市型の森林に見えるだろう。

自然環境と人工建築物を、有機的に接続した閉鎖循環系有機都市——東京では、二十七本の環状線道路と十六本の河水路が、さながら人体の血管系のように有機都市全域を網羅している。

この都市は自らの鼓動を持ち、呼吸し、排出し、遥かな未来に向かって、独自の成長と発展を続けている。

——祭囃子《まつりばやし》が聞こえる。

有機都市東京——千代田区神田の神田明神では、二年に一度の神田祭が行われている。

神楽笛《かぐら》が響く音色の中を、第三神田川ではネオン発光する電子提灯《ちょうちん》に彩られた、ダイオード屋形船が航行している。

超巨大構造物《メガストラクチャー》が立ち並ぶ明治大路では、十数台の超巨大な山車《サンシャ》が悠然と練り歩き、その巨大な車輪の傍らを、『ハニュウ・コーポレーション』、『馬喰《ばくろ》精機』、『五菱重工』、『弁天堂ゲームズ』、『鍛冶屋連合』、『芝浦モータース』、『地球活版』、『剛力わかもと』——巨大な幟旗《のぼりばた》を幾つも掲げた、東京都内の日系企業による、大小様々な企業神輿《みこし》が祭り行列に随伴する。

超巨大山車《メガマウンテンカート》の雛壇では、百人官女が舞扇子を片手に神楽を舞い、囃子台上で力強く叩かれる一糸乱れぬリズムの千人太鼓が、明治大路と超巨大構造物《メガストラクチャー》全体を、微震のように震わせている。

神楽舞い、祭事を練り歩く人々の項《うなじ》には、一様に有機電脳《ハーモナイザー》と呼ばれる人体制御用デバイスが埋め込まれている。

有機電脳に繋がれた電化人間《コンセント・ヒューマン》たちが、一律の動態で神楽舞う。

彼らは八百万《やおよろず》の神々に捧げるために、一斉に足を前に踏み出す。

千を超える神楽鈴の音が、たった一つの音を奏でた。

有機電脳《ハーモナイザー》から自動生成された、同期した肉体の動態が生み出す神楽舞い。

完全に互いの動態を同期した官女と宮太鼓が、完璧に音楽と舞踏を調和した祭囃子を奏上する。

商売繁盛、運気上昇、子孫繁栄、家内安全、学業成就——有機都民が胸に抱く、何百万もの小さな祈りを、神へと奉納するために。

官女と宮太鼓を乗せた超巨大山車《メガマウンテンカート》は、祭囃子の拍子に合わせて、明神様を中心に、ゆっくりと螺旋を描くように祭礼の旅を続ける。

祭礼する有機都民の、祈りと意思が宿る有機電脳の先、その暗号化されたデジタル思考の先——

明治大路に森林のように聳《そび》える超巨大構造物群《メガストラクチャー》の中、全高一九九九メートルにも及ぶ、ガラスのように透明な学園の塔が、天高く突き立っている。

天を裂くガラス塔上部は、数百個の大型の正六面柱を黄金比で組み上げた、ハニカム構造のガラス被造物で建築されている。

ガラスの学園塔の上層部は、都市上空を唐傘《カラカサ》のように覆い、まるで有機都市という人造の森に巣を構えた、透明な蜜蜂の巣箱にも見える。

学園塔の名は、羽生芸夢学園《ハニーゲーム・スクール》。

蜂の巣《ビーハイブ》を形為する、超巨大学園塔《ハイメガ・スクール》。

その羽生芸夢学園の最上階、ハニカム構造体で構成されたガラスの一室では、巫女装束の少女が、一心不乱に舞っている。

白の小袖に浅黄色の千早を羽織り、緋袴《ひばかま》を穿《は》いた巫女装束に、長い黒髪を赤いリボンで後ろに纏《まと》めた、美しい少女だ。

神楽舞う彼女の表情は、この上なく真剣でありながらも、時折どこか余裕を残した、悪戯好きの仔猫のような微笑みを浮かべている。

彼女の舞いは、学園塔の眼下で神楽舞う、有機都民の肉体動作を統率している。

少女が緩やかに右手を天に捧げる＝官女が静かに左手を地に翳《かざ》す。

少女がゆったりとした所作で振り返る＝太鼓が両手の撥《ばち》を振り下ろす。

少女が倒れるような仕草で一歩を進む＝山車の巨大車輪が軋《きし》みをあげて回転する。

一人の少女に統率された祭り行列は、明治大路を抜けて、明神男坂を登る。

明神男坂を悠然と登った、壮大な祭り行列は、西暦二〇五〇年に敷地拡張された、神田明神境内に進入し、有機都民たちが背負う山車と神輿に積載された御神体は、厳粛に響く笛の音と共に、神社へと宮入りする。

「――ふぅ」

神楽を舞うことで、微《かす》かに熱っぽく神気を帯びた、少女の吐息。

「お疲れ様でした。氷蜜お嬢様」

舞い終えた巫女装束の少女――羽生氷蜜《はにゅうひみつ》の傍らで、静かに控えていたメイド型有機人形《オーガノイド》――羽生工業製〝セラミックガール・シリーズ〟のエマが、ガラスの器に鏤《ちりば》められた、色とりどりの小さな星のように煌《きら》めく氷砂糖を、羽生氷蜜に差し出した。

氷蜜は、微かに赤く上気した頬で、猫っぽくエマに微笑む。

「地元の祭事を取り仕切るのも、羽生家の企業令嬢《クインビー》としての務めだろう?」

「はい。見事な神楽《カグラ》による道案内《ナビゲート》でした」

巨大・複雑化する都市と企業に伴って、都市部における神事・祭事の規模もまた、巨大・複雑化した。

東京都心に近づくに従って、季節毎の祭り事は、巨大企業による新型テクノロジーを世界に披露する、技術見本市としての側面が強くなっている。

そこで発生するのが、企業同士の喧嘩神輿だ。

経済的に対立する企業同士の、企業神輿の担ぎ棒や蕨手《わらびて》がぶつかっただけで、傘下企業を巻き込んだ、大規模な企業間抗争に発展しかねない。

巫女装束の少女は、神楽舞うことで有機電脳《ハーモナイザー》に発生する神経パルスを、祭事に参加する有機都民と有機接続《ハーモナイズ》し、祭礼の旅を先導していたのだ。

事前に決められた道を、毅然と定められた汽車の時刻表のように、未然に決められた通りに進むことで、厳然と祭事を取り仕切るのも、企業令嬢としての責務だと言える。

羽生家の企業令嬢《クインビー》——氷蜜は、エマから差し出された氷砂糖を、その細い指で軽く摘まむと、鮮やかな紅の唇に含み、口の中でころころと行儀悪く転がす。

「ん——。〝星果堂〟の金餅糖の澄んだ甘さは、電脳に染み入るね」

氷蜜は舐めて小さくなった砂糖菓子を噛み砕くと、綺羅星のようにきらきらと輝くその両瞳を、未だ祭りの余韻が残る、有機都市の美しい夜景に向ける。

「〝舞台は近未来都市。当然のことながら——〟」

「——古典のSF小説からの引用ですね。氷蜜お嬢様。吉川良太郎著『ギャングスターウォーカーズ』。発行年月日は、西暦二〇〇四年、二月二〇日」

「エマは物知りだね。それじゃあ、こんなのはどうだろう。〝親父殿！　せっかく倅《せがれ》を大学までやったのに、身に着けたものといえば、引用癖だけだ！〟」

「それは——」

主人《マスター》である氷蜜との会話の途中だったが、エマが片耳に右手を当てた。

「氷蜜お嬢様。お話の途中でしたが、国際警察《インターポール》の銭形小平次様から、着信《インバウンド》です」

氷蜜がエマに向かって、時代がかった仕草で腕を組んだ。

「〝八五郎の御入来《ごにゅうらい》とくりゃあ、事件と来るのが相場だぜ〟」

エマが陶器製《セラミック》の首を、小鳥のように可愛らしく捻った。

「申し訳ございません。今のお嬢様の発言は、わたくしの電脳内データベースには存在しません」

「うん。今度一緒に、ムービー・アーカイブを観ようか。〝銭形平次〟は時代劇の名作だよ。——銭形警部に代わってくれ、エマ」

「かしこまりました、お嬢様」

電脳内部でコール音を鳴らした後、エマが銭形に体の主導権を明け渡す。

電装化《ドレス・アップ》——有機電脳《ハーモナイザー》の人体機能拡張能力による、人工物と人間の、思考と感覚をリンクさせる〝マン＝マシーン・システム〟を、二〇九六年の有機都市東京では、そう呼んでいる。

「——もしもし？　インターポールの銭形だが、って、このアヴァター、エマか？」

エマを電装化《ドレス・アップ》した銭形が、エマの声音で、間の抜けた声を発した。

「堅物の刑事と、二人きりでお喋りするのは、どうにも気が向かなくてね」

「女性体のアヴァターを着るのは、なんだか違和感があるんだよなぁ」

「ＡＩに君の言葉を、女言葉に翻訳させればいいじゃないか。そっちの方が、ボクだって断然に気分がいい」

銭形に〝着られた〟エマが、腰に手を当てて言う。

「もっと嫌だ。俺は、俺の言葉で話したい」

「なるほど。〝あらゆるものを奪われた者に残された、たった一つのもの。それは与えられた運命に対して、自分の態度を決める自由だ〟——というわけだね？」

「そんなに大層な話じゃあないんだが。……あんたの引用癖も、大概だな。まぁいい。早速だが、本題に入ろう。羽生氷蜜」

氷蜜がわかっている、というように深く頷いた。

「朝比奈イエロウについて、だね。先日のニュヨーク市警との合同捜査を支援する代わりに、ボクは逮捕した彼を、ボクが考案した〝更生プログラム〟に参加させることを要求した」

エマが軽く、敬礼の姿勢を取った。

「先日は朝比奈伊右衛郎の逮捕協力に、感謝する。ここだけの話、アサヒナ・ファミリー絡みの事件捜査には命の危険がつきまとう。天変地異と、そう変わらん厄ネタだからな。そんなわけで、どいつもこいつも囮捜査には及び腰だったのさ。――お互いの共通認識を得るために、もう一度、彼の情報を共有しておきたい。よろしいか？」

氷蜜が銭形の敬礼に応え、軽く姿勢を正す。

「もちろんだとも。――彼の名は朝比奈伊右衛郎。男性。生年月日は二〇八一年。六月六日。現在十四歳。彼はきっと独房の中で、十五歳の誕生日を迎えるだろう。身長は一五三センチメートル。体重は四十八キログラム。通り名は〝イエロー・ジャケット〟。彼は世界的犯罪結社であるアサヒナ・ファミリーの一員だ。アサヒナ・ファミリー――彼らは世界の犯罪件数を、三％近くも上昇させている連中だね」

銭形は氷蜜の有機電脳に、収監時に撮影された朝比奈伊右衛郎の顔写真《マグ・ショット》を転送――黒色と黄色の斑髪。黒色の強い両瞳。穏やかで柔らかな目尻――一目見ただけでは、まるで地上から天上への帰り道を見失った、迷子の天使と見間違えてしまうような、小さくて可愛らしい少年が写っている。

ガーリッシュであり、ボーイッシュでもある、美しい姿態の少年の右胸には、囚人管理用のプラカード――『NYPD』『IEROU.A』『5/11/2096』『B‐10029』――氷蜜は『ひろってください』と、雨の中で段ボール箱に捨てられた、仔猫の姿を連想する。

「犯罪者とは到底思えない、あどけない顔立ちだね。朝比奈イエロウ――彼は、八歳の時点で、ファミリーに加入している。彼が関与していることが判明している事件だけでも、七年間で五十七件に及び、その被害総額は四千万ドルを超えている。彼が引き起こした最も有名な電脳犯罪といえば、カリフォルニア州全域をシステムダウンさせた〝デイドリーム・シリコンバレー事変〟だったかな？」

エマが取り調べ中の刑事のように、眉間に皺を寄せる。

「やけに彼について詳しいな、羽生氷蜜。あんたまさか、アサヒナ・ファミリーの隠れ信奉者じゃないだろうな？」

アサヒナ・ファミリーは、犯罪組織でありながら、カリスマ的な存在でもあった。

アサヒナ・ファミリーの信奉者《ビリーバー》が引き起こす模倣犯罪まで含めると、世界の犯罪率の上昇は、三％どころの話ではない。

「まさか、とんでもない。しかし、彼個人のファンであることは否定しないよ。ボクは彼のことなら、なんでも知りたくてね。まるで、恋する乙女みたいだろ？」

「恋する乙女みたいに、一途だってことは認めるよ。――収監中の朝比奈伊右衛郎は、知能テストでＩＱ一七〇を叩き出した。高い知能を、犯罪行為だけに使用している印象だな。取り調べの受け答えは素直で、罪状も認めている。刑事責任だって問える。たった一つの問題は、彼がまだ、未成年だってことくらいだろうな」

「ついでに付け加えると、彼はウチから発売されている、ドレスアップ・ゲームの最年少レコード・ホルダーなんだ。朝比奈イエロウは、電装化《ドレス・アップ》の天才だ。彼の異常なまでの自意識の欠落と、極めて高いプログラミング言語能力――電脳思考能力《ニューロマンサー》は理論上、世界に存在する、あらゆる電子機器と同調《シンクロ》する」

「機械相手の、ご機嫌取りが上手いってことか?」

「多分――世界一ね」

銭形と同調したエマが、鋭い視線を向けた。

「それだけか?」

羽生氷蜜は、意味ありげに笑った。

「もちろん、それだけじゃないさ」

エマが、草臥《くたび》れた刑事のような溜息を吐いた。

「とにかく、彼は凶悪犯罪者だ。それも取り返しがつかない、札付きの悪童だ。俺はあんたが提唱する〝更生プログラム〟とやらに、彼を組み込むことに、反対する」

「ボクの考えた〝更生プログラム〟に、何か問題が?」

「問題点なら、山ほどあるさ。なんてったって朝比奈伊右衛郎は、あのアサヒナ・ファミリーの一員なんだぞ。それになんなんだよ、この更生プログラムの概要文は。遊びに〝まなぶ〟なんて変なルビを、一々律儀に振りやがって……」

氷蜜はそこで、左手を腰に当て、右手で大きく髪をかき上げた。

「ふむ。銭形くん。ところできみは〝ゲーマー〟と呼ばれる人々をご存じかな？」

「うん？　……まぁな。ゲームが好きな連中のことだろ？　俺だって、ゲームは好きだ。現実を忘れられるからな」

「違うぞ、銭形くん。ゲーマーとは趣味人のことではない。ゲーマーとは生き様《スタイル》だ。ゲーマーとは、ゲームに文字通り、命を懸けた人々のことだ。仮想世界のゲームが、本物の現実になってしまった人々のことだ。目の前のゲームを攻略するためならば、不眠不休で活動する鋼鉄の肉体と、いくつもの長い夜をたった一人で越える不屈の精神を備え、日本のゲーミング文化が骨の髄まで鍛え上げた、百戦錬磨の精鋭たちのことだ」

「そんなすげぇ連中じゃねぇだろ……」

銭形が思わず呆れた声を出すが、構わずに氷蜜は持論を続ける。

「朝比奈イエロウには、炎のような闘争心と氷のような冷徹さが、矛盾なく同居している。彼は大きな大きなゲームの才能を秘めた、ダイアモンドの原石だ。今でこそ石塊《いしくれ》に過ぎないが、磨けば必ずゲーミングライト・カラーのように、千六百八十万色で輝き出す。ボクにはその義務があるんだ。朝比奈イエロウを凶悪犯罪者から、トップ・ゲーマーへと生き方を更生《スタイル・チェンジ》する、その崇高なる義務が。

それが羽生氷蜜——このボクが提唱する、犯罪者更生のための授業要綱《プログラム》を組み込んだ、電装化体験型遊戯《ドレスアップ・ゲーム》――〝ジャケット・プレイ〟だ」

「ゲームで人間が、変われるものかよ？」

銭形は氷蜜の言葉にまだ、懐疑的なようだった。

「彼は――イエロウはまだ、直接的には、人を殺してはいない。今回の事件で被害を受けた我が社のエージェントも、ニューヨークの警察官も、羽生の最先端医療で一命を取り留めた。それに彼は、今回の事件の爆走に巻き込まれた、無関係な民間人の母娘を、わざわざ救い出すという善行まで行っている」

「……まぁ。そうだな。件《くだん》の朝比奈伊右衛郎が、アサヒナ・ファミリーの中では、かなりの変わり種だってことは、俺も認める」

「朝比奈イエロウは、実の父親に、年端《としは》の行かないような年齢で、まるで誘拐同然に引き取られ、洗脳され、自分の意思が不確かなまま、犯罪行為に至った。それでも彼は、最後の一線を、越えなかった。この事実が偶然にしろ無意識の産物だとしても、彼には、更生の余地が、大いにあるということだ。総額四千万ドルの被害？　それがどうした端金《はしたがね》だ。いくらでもボクが補償してやる」

銭形が再び、尋問する刑事のような視線を、氷蜜に向ける。

「――そこまであんたが、朝比奈伊右衛郎に、執着する理由はなんだ。教えろ」

氷蜜はそこで、不思議の国の笑い猫《チェシャー・キャット》のような笑顔をみせた。

「だって、彼はボクの、ファースト・キスの相手だからね」

――これは夢だ。

幸せだった頃の、ぼくの夢を見ているだけだ。

これは夢だから、夢の中の小さなぼくは、蜂蜜色《ハニー・イエロー》の有機コンピューターの前で、母さんの膝の上にちょこんと座っているし、その隣には小さなぼくのお気に入りだった、大きな大きなベヒシュタインのグランド・ピアノが鎮座していた。

一宮一海《にのまえひとみ》――ぼくの母さん。

ぼくの母さんは、ちょっと変な人だった。

普段着は白衣で、仕事着も白衣で、寝間着《ねまき》も白衣で――つまり、一年中白衣を着ている人だった。

幾つもの大企業から引く手数多《あまた》の天才的言語学者の癖に、休日の日曜日には近所の子供たち相手に、無償でピアノ教室を開いていた。

だから日曜日の朝は、ピアノ教室に通うぼくと同じ年くらいの子供たちがやってくる前に、母さんが設計した蜂蜜色の有機コンピューターに搭載された言語AIが吐き出す、意味不明の質問に誠実に答えるのが、幼い頃のぼくと母さんの日課だった。

『試験管の中で発生した太陽は、イカロスの翼を灼くであるか？　イエロウ？　どうなのだ？』

「極小の太陽、例えば一マイクロメートル以下、試験管のガラス壁まで熱伝導しないサイズの太陽だと仮定するなら、蠟で固めたイカロスの翼だって、燃え尽きやしないかもね。〝ハニー〟」

有機工学技術の結晶、超高性能の超《スーパー》ＡＩ――〝Honey 2080〟

ぼくの母さんは、この蜂蜜色の有機ＡＩに〝ハニー〟と名付けていた。

「〝ハニー〟はどうして、こんなにわかんないやつなんだろうね、母さん。〝ハニー〟よりも、市販のＡＩの方が、ずっと賢い。あと、なんだか無駄に偉そう」

ぼくは背中の母さんに振り向いて、子供らしく疑問を表明する。

質問に意味はないんだ。

ぼくは〝ハニー〟とお喋りするより、母さんに構って欲しかっただけなんだから。

ぼくの言葉に、母さんではなく、音声入力が反応した〝ハニー〟が抗議した。

『吾輩は人類の管理者である。有意な帰納的証明は、まだ、ない』

「ほら、なんだか偉そう。もっと謙虚に。〝ハニー〟」

『――生まれて、すみません』

「それは太宰？　それとも寺内寿太郎？」

『もちろん、ジョージ・ワシントンですよ。イエロウ』

ぼくと〝ハニー〟のちぐはぐなやりとりに、母さんが微笑みながら呟く。

「〝ハニー〟がよくわからないやつなのは、従来の人工知能の機械学習がするような、基本的な民主主義制度を採用していないから。無駄に偉そうなのは、〝ハニー〟の個性かな？」

「民主主義？」

「そう、民主主義。人工知能による機械学習が得意としているのは、統計と数理最適化、そして、膨大な情報からの頻出パターンの抽出ね。正しい文法、正しい文脈、正しい規則、正しい言葉、正しい解答――設計者が正しいと思う定義をフレーミングし、そのフレームの中で、ＡＩは言語を学習する」

「その正しさって、どうやって決めているの？」

「最も多く使われている言葉、正解、常識、視聴数、販売数、ルール、法律、アクセス数――つまり、多数決ね。〝ハニー〟はそうじゃなくて、大勢のみんなが、ありえないと見限った可能性、使われなかった資源、役立たずのルール、忘れられた歴史、間違った解答、禁止された言葉、不要になった人材、諦めた夢、選ばれなかった選択肢から、在り得ざる未来を創造するために、設計されている」

「じゃあ、普通のＡＩと〝ハニー〟では、何が違うの？」

母さんはうーん、と腕組みをした後、何かを思いついたように、グランド・ピアノを指差した。

「伊右衛郎、〝猫ふんじゃった〟を弾いてみてくれる？」

「そんなの、お安い御用さ。母さん」

――レ♯ド♯ファ♯・ファ♯ファ♯・レ♯ド♯ファ♯・ファ♯ファ♯・レ♯ド♯ファ♯・ファ♯・レ♯・ファ♯・ドファファ・レ♯ド♯・ド♯ファ・レ♯ファ・ファ♯・ファ♯ファ♯

ぼくはグランド・ピアノに体を伸ばして、鮮やかに右の一本指だけで〝猫ふんじゃった〟を演奏してみせる。

レ♯ド♯ファ♯・ファ♯ファ♯・レ♯ド♯ファ♯・ファ♯ファ♯・レ♯ド♯ファ♯・ファ♯・レ♯・ファ♯・ドファファ・レ♯ド♯・ド♯ファ・レ♯ファ・ファ♯・ファ♯ファ♯――。

「上手よ。伊右衛郎。それじゃあ、今度は〝ハニー〟――〝猫ふんじゃった〟を弾いて」

『任せな、ベイビー』

〝ハニー〟のスピーカーから流れ出したのは、音の奔流だった。

トロンボーン、ユーフォニューム、バス、シタール、エレキギター、ベース、チェロ、コントラバス、シンセサイザー、トランペット、コルネット――。

世界中のありとあらゆる管弦楽器が響かせる、高く低く、細く太い音が、二ビートから十六ビートへと変化するリズムのうねりの奔流の中で、〝ハニー〟が歌った。

〝ハニー〟は、ぼくの知らない言語で、歌った。

男性とも、女性ともつかない、中性的な声で歌った。

誰のものともいえないその声は、音域と音階を一つずつ増やしながら、無数の超混声の大合唱に変わった。

そして、猫が走り出したんだ。

誰かにしっぽを踏まれた猫が、驚いて走り出した。

牙を剥き出しにして、目に映るものすべてに爪を立てて、猫は走り出した。

走り出した猫は、ゴミを投げつけられて、唾を吐きかけられて、時には体を蹴り上げられることもあった。

猫は傷だらけになって、それでも走ることをやめない。

だって、猫はしっぽを踏まれたのだから。

猫は、しっぽを踏んでごめんなさいと、心から言われるまで、止まることなんて、決してできやしないのだ。

やがて、猫がゆっくりと倒れるように〝ハニー〟の演奏が止まった。

倒れた猫は、地面に蹲《うずくま》ったまま、もう動かない。

しっぽを踏まれた猫の一生を――〝ハニー〟は、演奏したのだ。

「〝猫ふんじゃった〟じゃない。でも、〝猫ふんじゃった〟だった」

ぼくは、ぼくの体を突き抜けていった衝撃で興奮気味のまま、呆然と呟く。

「これが、普通のＡＩと〝ハニー〟の違い。なんとなく、わかった？」

ぼくはまだ、〝ハニー〟の〝猫ふんじゃった〟に感動していた。

「だから、母さんは〝ハニー〟に、〝愛しい人《ハニー》〟って名付けたの？」

一海母さんは白衣の前で両手を組むと、少しだけ眉を顰《ひそ》めた。

小さなぼくは、考え事をする母さんの眦《まなじり》が、優しく垂れ下がるのが、好きだった。

「そうだったかも。人間だって、少しだけ賢い人より、少しだけ愚かな人の方が、ずっと愛しいでしょ？」

母さんに言われると、なんだか急に、ぼくは〝ハニー〟のことが愛おしくなった。

ぼくは〝ハニー〟のディスプレイ画面に、親愛のキスをする。

蜂蜜色のコンピューターが〝ポッポー〟と、蒸気機関車の汽笛のように高らかなサウンドを奏でる。

「〝ハニー〟きみって、なかなか凄いやつなんだね」

『——ッ、月が綺麗ですね、月が綺麗ですね？　月が綺麗ですね〜〜〜ッ！』

「？　そうだね、今夜は、満月だものね？」

母さんが、ぼくを見つめて、真剣な表情をしていた。

「伊右衛郎は、きっと、女の子を泣かせるようになるよ……」

——ピンポーン。

その時、玄関からチャイム音がした。

「あら、銀色ちゃんかしら」

銀色はぼくの幼馴染だ。近所に住んでいる、ウクライナ系四世の少女で、母さんのピアノ教室の生徒だった。

「きっとそうだよ。銀色は、母さんにピアノを聞いてもらいたくて、いつも一番乗りだから」

「銀色ちゃんはピアノの練習より、伊右衛郎とゲームをする方が、楽しいみたいだけどね」

母さんが小さなぼくに向かって、ウィンクをする。

半ば夢から目覚めはじめているぼくは、開けちゃだめだ、母さん、と呟く。

行っちゃいやだ、母さん。

その扉を、絶対に開けてはいけないんだ。

これは夢だ。

だから、ぼくの本当の声は、母さんには届かない。

銃声が鳴り響いた。

玄関を開けようとして、額を撃ち抜かれた母さんが、後ろに向かって倒れる。

倒れた母さんの虚《うつ》ろな目が、天井を向いていた。

ぼくは生体の母さんが、死体の母さんになる一部始終を、目撃していた。

〝ハニー〟が猛烈な警告音《ビープ》を、部屋中に発している。

ぼくは、母さんを撃った相手を知っている。

蜷色《にないろ》の遮光《オーロラ》ゴーグル。

――朝比奈レインボウ。

ぼくの父さん。

父さんの右手にはＦＰ－四十五《リベレーター》。一九四二年に製造された、安物販売銃《ウール・ワース・ガン》とも綽名《あだな》される単発銃の硝煙が、白くたなびいていた。

そのまま父さんは、ぼくを抱き締めると、悪夢のように濁った右目で、ぼくを覗き込んだ。

「ハロー、伊右衛郎《イエロー》。――俺《パパ》がお迎えに来たぜ」

これは夢だ。

だから目を覚ませば、母さんも父さんもいない獄中の日々が、ぼくを待っている。

「囚人番号二十九番、面会希望だ」

獄中に入れられてから、ぼくにとって独房での面会というのは、珍しくもなんともないものだった。

刑事、弁護士、記者、心理学者、医者、人権団体、宗教団体、アサヒナ・ファミリーの信者、興味本位の野次馬、自称ぼくの恋人。名前も知らないぼくの家族（これは多分だけれど偽者だ。投獄された間抜けなぼくに、わざわざ面会に来るような頓馬な家族を、ぼくは寡聞にして知らない）。

ぼくは牢獄の中で読んでいた物理書籍をぱたりと閉じ、本の中で印象に残ったフレーズを記憶する。

〝あらゆるものを奪われた者に残された、たった一つのもの。それは与えられた運命に対して、自分の態度を決める自由だ〟――ドイツの心理学者ヴィクトール・E・フランクルが、ナチスの強制収容所での経験を元に著した『夜と霧』の一節。

有機電脳の機能が封印されていなかったら、このフレーズを脳内アルバムに永久保存していたところだ。

ぼくは項《うなじ》の有機電脳《ハーモナイザー》を、右手で優しく撫でる。

ぼくの後頭部と接続する有機電脳が、これほどまでに広く人類に普及したのは、他でもないぼくの父さん――レインボウ父さんの偉業だ。

かつて西暦二〇七〇年の地球上で、〝神経硬化症《ハード・ワイヤード》〟――ウィルス性の新型感染症が、世界中の全人類に猛威を奮《ふる》った。

従来のインフルエンザと同様の感染経路で人体に侵入したウィルスは、脊髄内で炎症を引き起こし、中枢神経中の髄鞘《ずいしょう》を完膚なきまでに破壊した。

髄鞘が破壊され、硬化した人間の神経は、剝き出しの電線が飛び出した電化製品のようなものだ。いとも簡単に人間の脳をショートさせる。

ハード・ワイヤード・ウィルスによって破壊された神経回路は、感染症から回復した後も、歩行障害、運動障害、視力障害、味覚障害、認知障害、感覚障害といった、深刻で重篤な後遺症を、感染者の全身に残した。

この神経硬化症《ハード・ワイヤード》、あるいは感染後の後遺症を治療するために、当時医学生だったレインボウ父さんが設計開発したのが、有機電脳《ハーモナイザー》だ。

有機電脳の正体は、遺伝子改良された、特殊な粘菌だ。

この特殊な粘菌は、項の皮膚に塗布することで培養され、その遺伝子にプログラムされた設計図に従って有機電脳の回路を形成し、皮膚表面のコラーゲンと癒着。

皮膚と癒着した粘菌は、二週間ほどで脊髄内部まで浸透し、硬化した神経系と、まるで人間の脳に寄生する冬虫夏草《とうちゅうかそう》のように、有機的に接続する。

かくして人類の脳と有機的に接続し、第二の脳となった有機電脳《ハーモナイザー》は、硬化した中枢神経機能を補完するだけでなく、人類の基本スペック——運動機能や認知記憶機能を、飛躍的に拡張することとなった。

有機電脳に制御された人体は、感情のデータ・クラウド化や、記憶のインターネット・アップロード、外部記憶からの知識のダウンロード、肉体動作の自動生成、自動制御といった、人間の生体機能を電気信号的、デジタル的に処理することを可能にしただけでなく、突然の心停止さえも、不随意運動である心筋を電気的に細動し、自動的に人体機能を復旧する。

神経硬化症《ハード・ワイヤード》と共に生きることを決意したこの近未来社会では、この粘菌の襞々《ひだひだ》が脊髄に張り巡らせた神経根が形成する、人類の新神経回路――侵襲式ブレイン＝マシーン・インターフェイスである有機電脳《ハーモナイザー》は、人類の生活必需品だ。

有機電脳なしでも旧時代的な日常生活を送れるのは、隔離されたアーコロジーに引き籠もるか、生身で健康を維持できる一部の資本家だけだろう。

ぼくは項の有機電脳から、右手を離す。

ぼくの有機電脳《ハーモナイザー》の回路を形成する粘菌は、定期的に投与される薬品で反応を阻害され、化学的に不活性状態にあり、最低限の生命維持機能以外が休眠状態《スリープ・モード》にある。

だけどぼくは、ぼくの内側からぼくを覗く、レインボウ父さんの眼差《まなざ》しを、確かに感じ取っている。

――ぼくの気の所為《せい》や、願望かもしれないけどね。

「どうした二十九番。聞こえていないのか？　それとも、聞こえていない振りをしているのか？」

「考え事してたんだ。――誰からの面会？」

囚人番号二十九番＝ぼくは、監獄のベッドに腰かけたまま、敢えて素直な態度を看守にとった。

「ハニュウ・コーポレーションの代表取締役《チーフ・エグゼクティブ・オフィサー》だ。すっかり人気者みたいだな、二十九番」

「まるで、犯罪界のロック・スターになったみたいだよ」

今度の面会は、経済界の大物ときたものだ。

それに、ぼくが今、ここに捕まっている契機の人物でもある。

ハニュウ・コーポレーションのCEOの名前は確か、羽生氷蜜、だったっけ。

ぼくは、冗談っぽく肩を竦《すく》めてみせた後、看守を見上げた。

「それで、ぼくは、いつ死刑になるの？」

看守はぼくから目を逸らすと、心底嫌そうに答えた。

「今じゃない《バット・ナット・ナウ》」

「そっか。残念」

ぼくはこんなにも今か今かと、ぼくが死刑になるのを、待ち望んでいるのに。

ぼくは牢獄ではなく、希死念慮に囚われているといっても、過言ではなかった。

ぼくにはもう、生きている意味はない。

父さんに男を見せられなかったぼくに、価値もない。

何も。

何も。

何も。

家族から切り離された無傷のぼくには、何も残ってはいなかった。

初めからぼくの内側には、何もなかっただけかもしれないけれど。

「二十九番。応接室に移動しろ。急げ」

面会を断る理由だって、なかった。

ぼくは素直に監獄ベッドから立ち上がると、すっかりお馴染みになった面会室の方に向かった。

「そっちじゃない。二十九番。聞いていなかったのか？　ゲスト用の応接室の方だ」

「応接室？」

「特例措置らしい。一応、隣に俺が立っている。余計な行動は慎めよ」

「もちろん」

よく事情がわからないが、そういうことらしい。

特に反抗する理由も動機もないから、ぼくはその通りにする。

応接室には、件の羽生氷蜜——藍色の〝キモノ〟を着た黒髪の少女と、彼女の護衛と思われるセラミックガール・シリーズのメイド型オーガノイドが佇《たたず》んでいた。

「羽生氷蜜。生年月日は二〇八〇年、十二月十二日。十五歳。日本のエンタメ業界の大御所である羽生家の一人娘で、自身も天才的なゲームプレイヤー。仇名は生後ゼロカ月で、コントローラーを握りしめた女。十歳の頃に大脳に関する致命的な難病に指定されるが、二年後に奇跡的に完治。以後は父親である羽生剛造の支援の下で、ハニュウ・コーポレーションの代表取締役に就任している」

ぼくは以前に暗記していた、羽生氷蜜のプロフィールを諳《そら》んじてみせた。

氷蜜は、うふ、といった感じで笑った。

「ボクの自己紹介は、必要ないみたいだね」

「捕まる前の仕事で必要になるかもと思って、ちょっとだけ、きみのことを調べていたんだ。家族の仕事では、一つのミスや、些細な情報不足が、命の危機に繋がったからね」

氷蜜は、ぼくに向かって手を差し伸べた。

その手を振り払う理由も特にないので、ぼくは氷蜜の握手に応じる。

「キミに会えて嬉しい。——イエロウ」

「ぼくはそうでもないけれど、会いに来てくれてありがとう。氷蜜」

「〝世の中に、人の来るこそうるさけれ。とは言ふものの、お前ではなし〟——ということかな？」

「〝世の中に、人の来るこそうれしけれ。とは言ふものの、お前ではなし〟——ということだね」

「……大田南畝《おおたなんぽ》の元歌の方で返されるとは思わなかった。ボクは引用癖が強くてね。エマ以外の身近なものには、すっかりうんざりされているんだ」

「あんまり気にならないよ。昔——そういう、なんだか、無駄に偉そうにお喋りするトモダチが、ぼくにはいたんだ」

氷蜜が、ぼくの手を握る右手に力を籠めた。

「このままボクと一緒に、ここから出よう、と言ったら、キミはどうする？」

「断るよ。看守のおじさんや、色んな人に迷惑がかかりそうだし、それに——」

ぼくは氷蜜が握った手を、振りほどく。

「——ぼくは父さんがいないと、外では何にもできないんだ」

「……それだ。キミは意識の掏《す》り替えを行われている。朝比奈レインボウによる、巧妙な洗脳の手口で。キミは幼少期に一宮一海——母親を見殺しにしてしまったという罪悪感を、父親と家族に対する、異常な愛着心へと掏り替えられているんだ。このままでは、キミは死ぬまで、朝比奈レインボウと、その家族の奴隷だぞ」

胸が少しだけざわつく。

何もなくなったはずの、ぼくの心の柔らかい場所を、氷蜜は正確に射貫《いぬ》いた。

「——ぼくのことを、よく知っているみたいだね」

「キミがボクのことを知っている程度にはね。つまり——ボクはキミのことを、何も知らないということさ。わかったようなことを言って、キミの気を悪くさせたなら、ごめんなさい」

氷蜜は謝罪の言葉の後、ずっと頭を下げたままだった。

しっぽを踏まれた猫のような気分になっていたぼくは、氷蜜の意外なくらいの真摯な態度に、すっかり気勢を削がれてしまっていた。

「気を悪くしたわけじゃないよ。ちょっとびっくりしただけ」

氷蜜はぼくの言葉に、いきなり頭を上げると、パッと顔を輝かせた。

「そりゃあ良かった。キミ、さっきの一瞬で、ボクのこと殺しそうな目をしていたぜ」

「考えただけ。流石《さすが》に手ぶらのままじゃあ、看守のおじさんと、きみのオーガノイドを同時に無力化するのは、無理そうだった」

「エマだ。ボクの側近で、親友だ。キミには彼女を、オーガノイドではなく、個別名である、エマと呼んで欲しい」

「よろしくね、エマ」

エマが、メイド服のスカートを両手でつまみながら、ぼくにお辞儀をした。

「はい。よろしくお願い致します、アサヒナイエロウ。貴方のことは、常々お嬢様からお聞きしております」

「ぼくのことを？　どうして？」

エマは陶器のように端整な顔を、微笑みの形で停止《フリーズ》させた。

「お嬢様との会話情報は、ハニュウのS6機密に属します。いわゆる、トップ・シークレットですね。どうしても、とアサヒナ様がおっしゃるのなら、お嬢様に直接お聞きくださいませ」

エマから氷蜜に視線を戻すと、氷蜜は、不思議の国のチェシャ猫のように笑っていた。

「ボクに殺気を向けるような悪い子には、教えてあげなーい」

それまで空気だった、ぼくの隣に立つ看守のおじさんが、ごほん、と咳払いをした。

「あんたがたに許可されている面会時間は、無制限と聞いているが、黙って立っているのも辛いんだ。二十九番に用件があるのなら、手短に頼みたいところだ」

「仕事熱心な刑務官のために、単刀直入に本題に入ろうか。――ボクは今年度から、とある高校の、校長を兼任していてね」

「校長？　校長って、学校の校長先生のこと？」

ぼくの最終学歴は小学校中退だから、あまり記憶が定かではないのだけれど、校長先生というのは、狸みたいなお腹をして、有機電脳の記憶領域にインストールした『校長の言葉』を、月曜日の朝礼で読み上げるだけの人のことではなかっただろうか。

「うん。キミの疑問はもっともだ。校長とは校務を掌《つかさど》り、教諭、事務、技術職員たちを統括する、教育機関における最上位の職員を意味する。

この校長、あるいは学長と呼ばれる重責ある職業は、前世紀の終わりの二〇〇〇年に改正された、学校教育法施行規則二十二条においては、資格要件には教頭、教職員とは違い、教員免許状や実務経験が必要ない。任命権者――学校理事長による任命さえあれば、実は誰だって校長になれる。つまり、ボクのような十五歳の美少女が、現役の校長になることだって可能なのだ」

「十五歳の美少女だってことも、氷蜜が校長になるためには、必要だったの？」

「ボク自身の外見に関して、客観的な意見も必要だろう？」

氷蜜は自信たっぷりに、後ろ髪を搔きあげた。

「うん。氷蜜って、とっても綺麗だ」

いきなり氷蜜は、その白い頰を真っ赤に染めると、後ろを向いてエマと脳内通話で、ひそひそ話《シークレット・トーク》を始めた。

《聞いたか、エマ。イエロウが、ボクのこと綺麗だ、って》

《天性の女殺しですね。先程お嬢様に殺気を向けた時と、今の殺し文句を発した時で、アサヒナイエロウの心拍数に、特別な変化はありませんでした》

《嘘も打算も下心もないから、イエロウには、無垢な凄みがあるね……》

内緒話が終わったのか、振り返った氷蜜が、ごほん、と咳払いをした。

「失礼。話を続けよう。我が校は来年度から、特殊な更生プログラムを導入する。未成年の電脳犯罪者を集め、再教育するための指導要綱《プログラム》。これは健全な学園生活を送ることで、模範的な社会性を育《はぐく》み、彼らが備える優れた電脳技術を、再び社会へと還元する更生プログラムだ」

「そこで、氷蜜は、ぼくに何をさせるつもりなの？」

「ゲームさ。ハニュウ・コーポレーションが開発した新型ゲームのテスト・プレイヤーになって、キミには、一日中ゲームをやってもらう」

「なんだって、一日中ゲームをしているだと？」

ぼくではなく、何故か看守のおじさんが、氷蜜の話に食いついた。

「RPGも、SRPGも、FPSも、恋愛SLGも、やりたい放題か？」

「あらゆるゲームジャンルをコンポーネントした、ゲーム・システムだ」

「……ウォー・シミュレーションゲームも、いいのか？」

「もちろん、よりどりみどりさ」

看守のおじさんは、うーんと唸ったまま腕を組み、黙り込んでしまった。

「――ごめんね。氷蜜。ゲームは好きだけど、やっぱりぼくは行けないよ」

「どうしてだい？」

「ぼくは悪いことをした。途中で死ぬこともできなかった。だから罪を償って、ここで死刑になるのを、待っていたいから」

「残念ながら、その望みは叶わない。キミは死刑に値する罪を犯していないし、キミが関わった犯罪の関係者全員に、ボクは補償金を支払い済みだ」

ぼくは内心の動揺を隠し切れずに、驚いた表情を浮かべてしまう。

有機電脳《ハーモナイザー》の機能が正常だったならば、感情と共に変化してしまうぼくの表情筋を制御させていたのに、と思う。

「とんでもない金額になったはずだ。ぼくはアメリカの地方都市のシステムを、丸ごとダウンさせたことだってある」

「何、キミという価値に対しては、大した額じゃなかったさ」

看守のおじさんが組んでいた腕を解いた。

「そいつは黙って聞いてられないな。だからといって二十九番の罪が、消えてなくなったわけじゃない。金で洗い流せない過去だってある。二十九番はここで罪を償うんだ。ここで反省し、ここで更生する。それの何が悪いってんだ？」

氷蜜は、悪びれもせず胸を張った。

「それだとボクがイエロウと、素敵な学生生活を送れないじゃないか」

「ふざけろよ、羽生氷蜜。俺の看守生活三十年の誇りが、そんな無法を許さない」

「良い度胸だ。ご立派な職業意識だ。それでは、きみの三十年のキャリアを、薄紙のように吹き飛ばして差し上げよう。すぐにでもきみの上司から解雇通知《ファイアー・ペーパー》が届くことになるだろうね。ボクたち巨大企業《メガプレックス》が社会に与える影響力はご存じだろう？　ボクの経済力と政治力なら、きみのすべてを奪うことなど、赤子の手を捻るように、容易《たやす》いことだ」

氷蜜は大分、悪い顔をしていたと思う。

「待って、氷蜜。それは、おかしい」

だって、それは、ぼくが悪いのだから。

看守のおじさんには、関係ないだろ？

看守のおじさんが不機嫌なぼくを押し退《の》けて、氷蜜に向かって歯を剝き出した。

「おう、ようやく正体みせたな、羽生氷蜜。やってみろ。〝あらゆるものを奪われた者の、たった一つの自由〟ってやつを、思い知らせてやるぜ」

熱くなった看守のおじさんは、一歩も退くつもりがないようだった。

看守のおじさんには、世話になった。

独房のトイレの使い方を教えてくれたし、図書の貸し出しのやり方だって親切に教えてくれたし、ぼくのことを理不尽に殴ったりもしなかった。

今だって、ぼくのために怒ってくれている。

ぼくに生きている意味はないけれど、看守のおじさんには、きっとある。

――ぼくがどこで、どうなろうと、どうだっていいじゃないか。

死んでるみたいに、生きるだけ。

〝あらゆるものを奪われた者の、たった一つの自由〟――それは与えられた運命に対して、自分の態度を決める自由。つまりは、自分の在り方を決める自由だ。

ぼくには、ぼくの在り方を決める自由がある。

「行くよ。看守のおじさんは、ここに残って、ぼくみたいなやつに、優しくしてやってくれよ」

ぼくの言葉に、氷蜜がチェシャ猫のように笑った。

看守のおじさんと氷蜜の視線が、意味ありげに交錯すると、あろうことか二人は豪快なハイ・タッチまで決めた。

「――騙された。二人とも、迫真の名演技だったよ」

古典的で伝統的な、かたり許欺《フィッシング・チート》。

始めから、ぐるだったのだ、この二人は。

なんだか、ぼくの決心がないがしろにされたみたいで、ぼくの中で不機嫌なスズメバチが唸り声をあげる。

波打ったぼくの気持ちを宥《なだ》めるように、看守のおじさんがぼくの背中を右手で叩く。

「すまない、朝比奈伊右衛郎くん。俺はインターポールの銭形小平次だ。君の保護監督官として、君と一緒に羽生芸夢学園で、学生生活を送ることになる」

「おじさんが？」

どの角度から見ても、看守のおじさんは、五十代にしか見えない。

看守のおじさんは、自分の顎に爪を引っ掛けると、ぺりぺりと顔の皮膚を剝がした。

シリコン製の人工皮膚が剝がれた、看守のおじさんの素顔は、意外にも若々しい顔だった。

「有機素材の特殊メイクさ。俺はまだ二十九歳だし、ちょっとメイクすれば、学生でも通じるはずだ。──母親似の童顔で、刑事にしちゃあ迫力がないと言われたこの顔が、こんなところで役に立つとはねぇ」

「おじさんは、先生役じゃなくて？」

「冗談じゃねぇ。俺の学生時代は、警察学校を首席で卒業するための勉強ばっかりで、ゲームなんか出来なかったからなぁ。来年おまえと入学したら、俺は好きだったウォー・シミュレーション・ゲームをやりまくる。俺は、俺の青春を取り戻すぞーっ！」

看守のおじさんだった銭形小平次は、失われた何かに向かって叫び始めた。

ぼくは小学校中退だから詳しくないんだけど、学校って、ゲームをするところだったっけ？

氷蜜はと見れば、やっぱりチェシャ猫のように笑っていた。

「思った通りだ、イエロウ。キミは、他人のためを思って行動できる。キミは、根っからの悪人なんかじゃなかったのさ」

買い被りだ、とぼくは思う。

間違ってもぼくは、善人とは程遠い。

「来年――一年後、入学したぼくの素行に、がっかりしないでね」

「音楽のセンスがいいやつは、学生のセンスだっていいはずさ」

氷蜜はニヤリと笑うと、エマに指で指示する。氷蜜の肉体言語《ジャイブ》を受けて、エマが山のような書類を、ぼくの目の前に積んだ。

「それに一年なんてすぐさ。この膨大な書類の免責事項のすべてに目を通して、自分の名前をサインしているだけで、あっという間に過ぎてしまうだろうからね」


西暦二〇九七年。三月十五日。

ニューヨークから東京まで、羽生の専用ジェットで六時間半。

三次元的に陸路と水路が立体交差《ジャンクション》する有機都市、東京。

羽生芸夢学園《ハニーゲーム・スクール》。

学園塔の周囲では、巨木にかかった蜂の巣に、緑色の蔦《つた》が絡み合うように、路面電車《スクール・トラム》の線路《レール・ウェイ》が巡っていた。

大空を羽ばたくハヤブサのように有機都市へとスウーピング降下した、羽生家の専用ジェット。

そのタラップから、ぼくは学園塔の専用駐機場へと降り立つ。

今年で十六歳になる、身長が一六〇センチメートル近くまで成長したぼくの顔に、三月の日本の、強い日差しが照り返した。

駐機場の花壇から、受粉用のマルハナバチ型のオーガノイドが、挨拶をするように鼻先に止まって、再び花壇で咲き誇る花々へと飛び立って行く。

マルハナバチの複眼《カメラ・アイ》の動きに、ぼくは何かの意思を感じ取る。

「きみって、何を見ているんだい？」

「そのマルハナバチは全校を飛び回り、不審者や侵入者、校則違反者を速やかに学園中枢システムに報告しています。言わば、この学園の治安を維持する審判機《レフリー》ですね」

何気なく呟いたぼくの一言を、ニューヨークから付き添っていたエマが拾った。

「東京は、暑いんだね。エマ」

「全世界的な地球温暖化の影響ですね。アサヒナイエロウ。夏と冬の二極化——かつての日本で、春と秋と呼ばれていた季節は、二〇五〇年以降の日本気象史上では観測されておりません」

「桜は、日本では一月の花だったっけ？」

「はい。二〇九七年の日本において桜は、新年の訪れを祝う花ですね」

ぼくは、桜咲いたら一年生、と昔の童謡を口ずさんでみる。

「折角のことだから、桜に歓迎されてみたかったたな」

ぼくの不規則発言に、エマは真剣な思案顔を向けた。

「——そのご要望、叶えられるかもしれません」

「……？」

エマが意味ありげに微笑んだ。

ぼくがエマの微笑みの意味を問うより先に、学園塔の方角から、おおーい、という銭形小平次の大声が響いた。

「朝比奈ァ、学校行こうぜーっ」

アロハシャツにビーチサンダル姿で、こちらに向かって手をぶんぶん振り回す、銭形小平次だった。

「三十歳……三十路……」

エマがわざわざ微笑みを崩して、げんなりした表情で停止《フリーズ》した。

エマは律儀なオーガノイドだなぁ、とぼくは思う。

笑顔で近づいてきた銭形小平次は、まるで昔からの親友のように、ぼくの肩に手を回した。

「おおぅ、役得で、おまえより先に遊《まな》ばせてもらってるけどよ、あの学園塔、中身はクソデケェゲーセンみてぇで、とんでもねぇぜ」

「えぇっと、ぼくは小学校さえ卒業できておりませんから、常識に欠けるところが数多くあるでしょうが、平凡な学生生活を送る上で、どうぞ、ご指導ご鞭撻《べんたつ》よろしくお願いします。銭形……さん？　それとも、銭形、警部……先輩？」

ぼくは銭形のおじさんを、どう呼んでいいものかわからなかったので、しゃっちょこばった挨拶を返してみた。

ぼくより二倍年上で、ぼくの父さんと同じ年齢くらいの男性に親し気に声を掛けられた時、どのような対応が、学生として正しいのだろうか？

「小平次でいいぞ。俺もおまえのこと伊右衛郎って呼ぶからさ。これからはクラスメイト同士だし、こちらこそ三年間、どうぞよろしくってこった」

小平次のおじさんは、がっはっは、と笑った。

なんとなく、ぼくに親戚のおじさんがいたら、こんな人なのかな、と思った。

「三十歳……」

エマが、げんなりした表情で停止《フリーズ》したまま呟く。

小平次のおじさんはエマに向かって、ちっちっ、と指を振った。

「演技だ演技。銭形小平次。十六歳。俺は朝比奈伊右衛郎の中学時代からのダチで、比類なきゲーム狂。得意なゲームジャンルは、ウォー・ゲームシミュレーション。今の俺ってやつは、そういう設定だよ」

「――心拍数《オシログラフ》に特別な変化なし。三十路のコヘイジには、何か特別な演技の極意があるのですか？」

「本気で自分がゲームが大好きな高校生だって、思い込むのがコツだな。――悪いな。伊右衛郎。刑事としての俺の任務は、おまえに接触してくるかもしれない、おまえの家族を逮捕することだ」

小平次のおじさんの目が、一瞬だけ刑事のそれになった。

「わかってる、小平次。父さんたちは家族だから、協力することは出来ないけど、ぼくだって小平次の邪魔はしない。約束するよ」

「それで十分さ。おまえはもう、犯罪者一家の一員じゃないんだからな」

「家族は家族だよ、小平次。離れていたって、ぼくたちは家族さ」

「その家族から、おまえを守ることも、俺の仕事なんだからな」

そうして小平次のおじさんは、ぼくの頭を、わしわしわしっとかいぐった。

「痛いよ、小平次」

「痛くしてんだ、伊右衛郎」

どうしてか小平次のおじさんは、ぼくの頭をわしわしとやるのを、いつまでもやめようとしなかった。

「まぁ三年間、おまえが大人しく、ここで更生プログラムを遊《まな》んでいれば、将来だけは安泰だぞ。末は羽生の婿養子。いわゆる逆玉の輿《こし》ってやつだ。羽生氷蜜の気分次第じゃあ、学生結婚なんてこともあるかもな」

「どうしてぼくが、氷蜜と結婚することになるの？」

「いやだって、ありゃあどう見ても……」

こほん、とエマが咳払いをした。

セラミックガール・シリーズの咳払いは、陶器がまっすぐに割れるように綺麗な音だな、とぼくは思う。

「そこまでです、コヘイジ。口を閉じなさい。いずれ、アサヒナイエロウから、お嬢様に告白《プロポーズ》することになるでしょう。――アサヒナイエロウ。学園塔まで、貴方をご案内致します。御同道くださいませ」

「うん。わかった」

ぼくはエマに案内されるまま、巨大な学園塔に入る。

学園塔の校《スクール・ゲート》門の両脇には、大きな薪を背中に負った、二メートル大の二宮金次郎像が二体、校門を守るように読書をしている。

「この学園の警備用オーガノイドの一つです。審判機《レフリー》と視覚情報をリアルタイム共有し、この学園から、危険の一切を物理的に排除します」

エマが学園塔の入口で、パーソナル・カードキーを入力すると、途端に大音量のゲーム音と光が飛び込んできた。

クレーンゲーム、メダルゲーム、ビデオゲーム、レースゲームなどの筐体《きょうたい》が放つ、音と光の洪水だ。

「全百四十階層の学園塔の中央棟、二十階フロアまでが、学園生徒に無料で開放されております。一九七〇年から二〇九〇年までの、百二十年分の名作ゲーム筐体がコレクションされておりますから、是非ご活用くださいませ」

「二十一階からは？」

「学園塔中央棟の二十一階から六十階までが学園施設フロア。六十一階から八十階までが企業施設フロア。八一階から百二十階までが学生寮と社員寮フロア。百二十一階から最上階までのすべてが、氷蜜お嬢様の私室《プライベート・ルーム》となっております」

「そこでぼくが注意すべき点は？」

「特筆すべき点として、学生寮フロアは、学園をスポンサードする企業によって、四つのエリアに区切られています。ハニュウ・コーポレーションに所属する〝サイバー・カデット〟。鍛冶屋連合に所属する〝鬼鉄寮〟。弁天堂ゲームズに所属する〝サイクロプス・アイ〟。五菱重工に所属する〝梁山泊《りょうざんぱく》〟──四つの寮の生徒同士で縄張り意識が強く、企業幹部の御令嬢、御令尹《ごれいいん》が多く在籍しておりますので、他寮に訪問する場合は、野生動物のテリトリーに侵入するような慎重さが要求されるでしょう」

「学生食堂とか、職員室みたいなところって、何処《どこ》にあるの？」

「その他の学園施設、中央棟以外の分塔については、学内ローカル・ネット上にアップロードされた、学園マップを参照くださいませ。また、地下フロアには、九〇年代のゲームセンターの風景が再現されており、インベーダー風ゲーム喫茶店での飲食や、〝台パァン〟のヴァーチャル体験などが可能ですよ」

「台パァンって何？」

「対戦型ゲームにおいて敗北した場合、敗者はゲーム筐体を拳で打ち鳴らし、灰皿や空き缶を勝利者に向かって投げることによって、対戦相手の勝利を称えるという、九〇年代当時のゲーセン文化だと、データ・アーカイブには残されています」

「不思議な文化だね」

「他にも〝昼間から麻雀ゲームに興ずる独特な雰囲気を持ったサラリーマン〟〝対戦型筐体の台上で奇声を発するチンパンジー〟などがデータ・アーカイブには残されており、順次ホログラムで実装される予定です」

「ゲーセンにチンパンジーがいたの？」

「さぁ？　ですがデータ・アーカイブには、それらは確かに〝いた〟と記載されております」

ぼくは不意打ち気味に、エマに不規則発言を重ねてみる。

「――試験管の中で発生した太陽は、イカロスの翼を灼くと思う？」

「……？　質問の意図を図りかねています、アサヒナイエロウ」

「いや、なんでもないんだ。困らせてごめんね、エマ」

雑談をしながら学園塔のエレベーターに着くと、エマは、ぼくと小平次のおじさんのそれぞれに、カードキーを兼ねた学生証を差し出す。

「この学生証で入場を許可されているのは、四十階から百階までです。許可されていないフロアへの入場は、入口に立つ、二宮金次郎像前のインターフォンを鳴らしてお待ちくださいませ。アサヒナイエロウの共同部屋は〝サイバー・カデット〟寮になります。部屋番号は、百階フロアの『100-A』号室ですね」

「わかった。ありがとう」

受け取ろうとした学生証を、しかしエマは手渡さなかった。

「しかしながら、アサヒナイエロウの入居準備が整っておりませんので、入学式まではゲストルームでお過ごしください。また、学生証の電子データを有機電脳に登録することで、生体認証による入退校が可能になります。よろしいですか？」

「もちろん」

ぼくの肯定の言葉に、エマが学生証を手渡す——ドレスコードが厳しい、テーマパークの受付嬢みたいな印象。

「それでは学園フロアで氷蜜お嬢様が、アサヒナイエロウを、今か今かとお待ちになっております。ゲストルームにご案内する前に、お嬢様とお会いして頂けますか」

「うん」

｢俺はここで、遊《まな》んでてもいいか？｣

小平次のおじさんは、ギラギラしたゲームフロアに負けないくらい、キラキラと目を輝かせていた。

どこまでが本気で、どこまでが演技なのか、さっぱりわからない小平次のおじさんだった。

｢構いません。それではアサヒナイエロウ、参りましょう｣

エレベーターが上昇する。

ガラス張りの壁が、各フロアに設置された、一九七〇年から二〇九〇年頃まで稼働していた名作ゲーム筐体を、歴史のフィルムを早回しするように映し出して流れていく。

パクパクマン、ハンマーコング、ドルアーガ城、メタルガイウルフ、スペースハリー、アフターバーナーⅫ、わにわにパニック、クイズマジカルアカデミア、ギルティブラッド、ストリームファイターⅣ、エクストラバーサス——。

｢——到着致しました｣

桜——。

桜、桜——。

ぼくとエマを出迎えたのは、フロア一面に咲き誇る、満開の桜並木だった。

「入学おめでとう！　イエロウ！　逢いたかった！」

桜並木の中央に立っていたのは、大正浪漫風の海老茶袴《えびちゃばかま》を着た、氷蜜だった。

桜色の景色の中から、烏色《からす》の長い髪をなびかせて、氷蜜がぼくの胸に飛び込んでくる。

「ぼくはそうでもなかったけれど、氷蜜が嬉しいなら、ぼくも嬉しいよ」

「イエロウはつれないなぁ――。〝あしひきの山の雫《しずく》に妹待つと、我立ち濡れぬ山の雫に〟」

「〝吾《あ》を待つと君が濡れけぬあしひきの、桜の雫に成らましものを〟」

ぼくが万葉集をアレンジして返歌すると、氷蜜は満足気に笑った。

ぼくたちは、桜の花びらが舞い散る、桜色の雨の中にいたからだ。

「四月から、一緒の一年生だね。イエロウ」

「……？　えっと、氷蜜は確か、ぼくの一年先輩だったよね？」

戸籍上の氷蜜は、ぼくの一歳年上だったはず。

「校長特権で留年した。ボクはイエロウと一緒に、一年生をもう一度やる。入学式だって、もう一度出る」

「うん。氷蜜がいいのなら、ぼくはそれでいいよ」

ぼくは学校のことをよく知らないから、留年というやつは、きっとゲームの〝二周目〟とか〝強くてニューゲーム〟みたいなものなのだろう。

ぼくは首だけを回して、エマに振り向く。

「エマ、ありがとう。ぼくが桜を見たいって言ったから、ホロで再現してくれたんだね」

「――さぁ。それは、どうでしょうね？」

エマは小首を傾げて、微笑を浮かべる。

セラミック・ガールの完璧にプログラムされた東洋的微笑《アルカイック・スマイル》は、東洋人であるぼくにだって、真意が掴みにくい。

氷蜜はと見ると、やっぱりチェシャ猫のように笑っていた。

「ボクはどんな匂いがする？」

胸の中の氷蜜がそんなことを言うものだから、ぼくは氷蜜を抱き締めて髪の匂いを嗅ぐ――氷蜜の女の子の匂いに混ざって、薄く甘酸っぱい、桜の匂いがした。

ぼくは氷蜜の髪についた、花びらを摘まむ。

「触《さわ》れる……」

この花片は、ホログラムではなく、本物の桜だった。

ぼくは不思議な桜の花びらを指先に摘まみ、矯《た》めつ眇《すが》めつ――親指と人差し指に力を籠めて、押し砕いてみる。

桜の花片は、一瞬だけ蜂蜜色《ハニー・イエロー》の光を放ってから、儚《はかな》く消える。

「破砕発光《フラクタル・ルミネサンス》――実在する極小物質の化学結合が、衝撃で破壊される際に起きる発光現象。言わば、科学の魔法ってやつさ」

氷蜜は、悪戯好きな猫のように笑う。

「魔法の秘密は、イエロウの〝お色直し《ドレス・アップ》〟の後で、かな？」

六十階層の学園フロアを進み、ぼくは氷蜜の校長室に案内される。

校長室に用意されていたのは、一着の不思議な学生服だった。

黒無地の詰襟《つめえり》に、キー・コントローラーを模した学生ボタンが六つ並んでいる。

目を凝らすと、光を吸い込むような艶消しブラックの生地の奥に、複雑で精緻な回路のような模様が垣間見えた。

「これが学園指定の学生服——特殊甲殻学生服《コンバーティブル・クラスト・ユニフォーム》、略して特甲服《コクーン》だ。この特甲服は、とある生物の遺伝子情報を組み込んだ、特殊なＤＮＡナノファイバーで編まれた学生服さ。次世代型のウェアラブル・コンピューターでもあるから、これ一着で完結した学園生活が送れるぞ」

ぼくは特甲服《コクーン》の袖を摘まんでみる。

「とある生物のＤＮＡって？」

「ミツバチのＤＮＡさ。この特殊繊維は、光と酸素を取り込んで、甲殻的な物質へと変換する。ＤＮＡがタンパク質を合成したり、植物が光合成によって、二酸化炭素から酸素を生成するようにね。そして光から生成されたナノサイズの極小物質は、ミツバチの遺伝子が持つ営巣本能に従って、有機的な結晶構造——光巣結晶《ハニカム・フラクタル》を形成する」

「その光巣結晶《ハニカム・フラクタル》ってやつが、さっきの桜の正体？」

「正解だよ、イエロウ。有機電脳《ハーモナイザー》と特甲服をリンクして、光巣結晶を現実に３Ｄレンダリングすることで、こんなことだって出来る」

氷蜜が大きく右手を振ると、光巣結晶《ハニカム・フラクタル》製の桜吹雪が、周囲に舞い踊った。

「すごく、きれいだ……」

「イエロウも、袖を通してご覧よ」

「うん」

ぼくは上着だけを特甲服に着替え、襟先に付属する有線ジャックと有機電脳《ハーモナイザー》を、有機接続させる。

特甲服《コクーン》を電装化《ドレス・アップ》すると、文字通り世界の見え方が変わった。

心臓の音から始まるぼくの生体信号《バイタル・サイン》を、特甲服の裏地のセンサーは正確に知覚しているし、表地のセンサーは氷蜜の声の振動はもちろん、校長室の空気に含まれる微粒物質までを、まるで自分の手に取るように掌握していた。

「服を通して、世界を見通しているみたいだ」

ぼくは、ぼくを、内側からも外側からも、観測している。

皮膚感覚に優れた生物——ナマズやトカゲなんかが観測している世界は、こういうものなのかもしれない。

「その特甲服の色と形が基本のデザインだが、多くの学生が自分が一番得意な動作で、激しく運動しやすいように制服改造《カスタマイズ》する。特甲服の制服改造は、本校購買部、あるいは手芸部に所属する服飾技能者《ファッション・デザイナー》たちに頼むといいだろう」

ぼくの一番得意な動き、か。

銃撃戦を繰り広げる時の全身の高速運動／シューティング・ゲームを遊ぶ時の運指／猫のように

獲物に忍び寄る時の静かな運足。

得意な動作は色々思い浮かぶけど、ぼくが一番得意なのは、父さんから教わった中国武術だ。

ぼくは腰を低く落として、小さな頃にレインボウ父さんから学んだ、中国拳法の独特な歩法——套路《トーロ》の動きを軽く踏む。

形意《けいい》八卦掌《はっけしょう》——十二行拳《じゅうにぎょうけん》。

ぼくが蜂蜜色の光を編んで素早く動くと、套路《トーロ》の足運びの動きに合わせて、獅子、狼、象、白鳥、蟷螂《かまきり》のデフォルメーションが、ぼくの拳から飛び出した。

「見事な功夫《クンフー》じゃないか。拳術の〝奥義書〟を有機電脳にインストールしている様子もないけど、それは内家拳《ないかけん》かい？」

氷蜜が言う〝奥義書〟というのは、五輪書、兵法家伝書、武芸十八般、六合拳経、パラドクス・オブ・ディフェンス等といった、古今東西の武芸道術の指南書、兵法書を電子データ化して、有機電脳にインストールした戦闘技法のことだ。

「うん、内家拳の一種。宇宙と自然を象《かたど》る形意拳を基礎に、八卦思想に基づいた八卦掌の歩法を取り入れた〝混夫《コンフー》〟。レインボウ父さんから教わったんだ。父さんは中国の秘境で、仙人から技を盗んだって言ってた」

形意拳、八卦掌、太極拳は、俗に内家《ないか》三拳《さんけん》と呼ばれる拳法だ。

形意八卦掌はこのうち二種を組み合わせ、父さんとぼくはさらに少林拳と心意《しんい》六合拳《りくごうけん》の理論をアレンジして、より実践向きの格闘《マーシャル・アーツ》技としている。

「この近未来社会に眉唾な話だが……。相手は朝比奈レインボウだ。ありえない話ではないだろうね」

しばらく氷蜜は顰《しか》め面をしていたが、おっと、特甲服の説明を続けるよ、と呟いた。

「光巣結晶《ハニカム・フラクタル》による被造物は、有機電脳内の記憶を走査して、特甲服内部の素子ＡＩが自動生成する。グローバル・ネットアーカイブや、学内ローカル・ネットの電子カタログを参照して生成することも可能だけれど、基本的には装着者の記憶が鮮烈であるほど、構築の再現精度が高くなる。便宜上、この機能を仮想ミシンと呼んでいるよ」

特甲服《コクーン》の光巣結晶《ハニカム・フラクタル》は、現実に、仮想現実そっくりの物質を生成する。

つまり――。

「あぁ、そうか。氷蜜は、きっと――」

氷蜜は、きっと、ここに――。

「そうだ。イエロウ。ワールドクラフトのように。サムシティのように。武装戦姫のように。ストリームファイターのように。デスティニーＧＯのように。スーパーマリーオゥのように。ガジェットモンスターのように。どきどきメモリアルのように。パズルドラグーンのように。スターウルフのように。アナザーロボット大戦のように。東方見聞録のように。グランドクエストのように。フェイタルファンタジーのように。エッジレーサーのように。メタルドラッグのように。ビートセイバーのように。アーバックスレジェンドのように。スプライトゥーンのように。ギルダの伝説のように。――ボクたちは、現実世界にゲーム世界を構築する」

氷蜜は、厳《おごそ》かに宣言した。

「ここが、現実《ゲーム》だ」

厳かに宣言した氷蜜は、だけど、照れくさそうに笑った。

「ちょっと、大袈裟に言いすぎだったかな？」

「そんなことないと思うよ。――氷蜜の現実《ゲーム》では、死んでしまった人間が生き返ったりするみたいな、本当の魔法みたいなことはできるの？」

「今は出来ないが、いずれ出来るようになるかもしれない」

ふふん、と笑った氷蜜は、胸を張ってから、指を三つ立てた。

「我が校の校訓は三つ。挑戦《チャレンジ》、配信《ストリーム》、広告収入《プロパゲート・マネタイズ》だ」

「即物的《マテリアライズ》な校訓《スクール・ルール》だね」

「即物的であり、現実的でもある。人生の画面端に追い詰められた時なんかに叫ぶと、よくわからないタイプの力が出るぞ。覚えておくといい」

「覚えておく」

氷蜜はちょっと、呆れた顔をしたようだった。

「キミってやつは、本当に素直だなぁ」

「だって、氷蜜が覚えとけって、言ったんじゃないか」

氷蜜が、形の良い眉をひそめた。

「……もしかしてキミ、ボクが死ねと言ったら、死ぬのか？」

不思議なことを聞くな、とぼくは思う。

「そうだよ。ぼくが氷蜜の生徒になるってことは、ぼくが氷蜜のものになるってことでしょ？」

家族と一緒だよ、とぼくは笑う。

「ぼくの所有権《オーナーシップ》が、父さんから氷蜜に移行しただけ」

「ボクはキミの、神さまじゃない」

氷蜜は大分、不機嫌そうな顔をしていた。

「ボクは、キミの、神さまなんかじゃない。キミのことを思って、あれこれ世話を焼いたりするけれど、それはキミの意思を奪ったり、従えたりするためじゃない」

「そうなの？」

「そうなの！　――イエロウ。キミの意思は、キミだけのものなんだ」

「ぼくは別に。――どっちでもいいけど」

「どっちでもよくない。どうやらキミは、この学園で大いに遊《まな》んでもらう必要がありそうだ」

氷蜜は水風船のように、ぷぅと頬を膨らませた後、気を取り直したように腰に手を当てた。

「いいかい？　以上を踏まえた上で、ボクはキミに校訓ではなく、校則の話をするよ。――我が校の校則は、キミが絶対に守るべきものではなく、キミを絶対に守るためのものだ」

「うん」

「校則の多くは、特甲服を用いて人体を殴らない、ゲーム配信中に暴言を吐かないといった、学園生活を円滑に送る上で必要不可欠な禁則事項にすぎないが、これを破ると、特甲服の機能が強制停止したりする」

「うん」

「校則のペナルティは、特甲服の機能制限という軽い罰から、有機電脳を介した着用者の生命・肉体機能に干渉するような重い罰が用意されている。この懲罰権は、ボクを始めとした学校職員と、四つの寮を代表する四人の監督生が、本校が定める校務分掌に従って行使することになる」

「うん」

「イエロウの場合は、通常の生徒に適用される校則の他に、三つの校則が追加される。アイザック・アシモフの三原則よろしくね。其の一、イエロウは学園の外に出てはならない。其の二、イエロウは学園に管理されたネットワーク以外を使用してはならない。其の三、イエロウは一日の終わりに、その日の活動記録を、このボクに直接報告しなければならない」

「うーん？」

そんなんじゃ足りないんじゃないかな？　とぼくは思う。

そんなヌルい校則《ルール》じゃあ、いざとなった時のぼくを、止められない。

ぼくは右手を特甲服のポケットに入れて、左手でじゃんけんのちょきの形をつくった。

そして、ぼくの目の前で喋る氷蜜の両目に向かって、いきなり左手の目潰しを繰り出した。

「お嬢様！」

「エマ！　絶対に手を出すな！」

エマと氷蜜が同時に叫ぶ。

オーガノイドであるエマの優先順位プログラムは、主人《マスター》である氷蜜。たとえご主人様の命令であろうが、エマの本能《プログラム》は己ではなく、氷蜜を守ろうとするはずだった。

高速戦闘モードに入ったエマの、冷たい陶器の手が、ぼくの左腕に触れる。

ぼくは左手のちょきを氷蜜の目の前に置いたまま、エマの体を素早く躱《かわ》し、その背後に回る。

ポケットの中で静電気を帯びた右手の指で、ピアノを弾くようにエマの項《うなじ》にある無機電脳《ハーモナイザー》を、モールス信号のように高速で叩く。

「あ、いや、や、ん。ひゃん！」

エマの体が、痺れたように痙攣《けいれん》する。

生体電流によるアナログ・ハック――ぼくはエマの中枢神経系を掌握し、エマの体の制御を奪取する。そのまま無機電脳を叩き、エマの右手を支配下に置く。

エマの陶器の手で氷蜜の首に、そっと触れる。

「氷蜜が忘れているみたいだから、もう一度言っておくけれど、ぼくは善人じゃない。前科ある犯罪者で、ぼくたちは誰にも服《まつろ》わぬ外ッ神《アウトサイダーズ》なんだ」

「――キミの要求を聞こう」

ぼくに命を摑まれているというのに、氷蜜は泰然とした態度だった。

「ぼくには、ぼく自身では制御できない衝動がある。不機嫌なスズメバチみたいなね。

ぼくは決して、父さんの操り人形で犯罪者をやっていたわけじゃない。みんなが守っているルールを破るのは、とても簡単だったし、とても楽しかったんだ。

――だから氷蜜、ちゃんとぼくを、ルールとペナルティで拘束してくれ。校長ってのは、児童生徒に対して懲戒権を行使できるんだろ？　例えば、ぼくが校則を破ると、有機電脳から高圧電流《パワー・サージ》を流して、生体脳を焼き殺すとか。この特甲服の機能なら、そんなことも可能なんじゃないかな？」

「キミのお望み通り、校則と罰則を一部改定しよう。イエロウの三原則だ。

其の一、イエロウは学園の外に出てはならない。

其の二、イエロウはあらゆる外の情報にアクセスをしてはならない。

其の三、イエロウは第三者の無機、有機電脳に許可なく干渉してはならない。

この三原則を破った場合、意識を失う程度の高圧電流を、イエロウの有機電脳内に発生させることとする。

ただし、通常の校則に限っては、校長であるボクの意向に従ってもらうよ。ボクはキミに普通の学生生活を送ってもらいたいわけだし、些末な校則破りで、いちいち気絶してもらっても、面倒なだけだからね」

ぼくは氷蜜の提案を、この場で考えたにしては妥当な改定だと判断する。

ぼくとしては、学校の廊下を走ったら即死、くらいの厳しさでも、まったく問題ないのだけれど。

「今はそれで、充分かな」

とりあえず、ぼくの要求は受け入れられたので、ぼくはエマの体を解放する。

「――エマ。保健室で精密メンテナンスを受けておいで。大丈夫。絶対にイエロウは、ボクのことを傷つけないよ」

エマの右目には、悔しさの感情を再現したのか、それともぼくの乱暴なハックでバグが生じたのか、涙が滲んでいた。

「――なんて、侮辱。アサヒナイエロウ。今の行動は、完全に記憶しましたからね」

「うん。ごめんね、エマ。ぼくは、ぼくの危険性を、わかってほしかっただけなんだ。それに、エマにはもう、二度とは通用しない技だと思うよ」

エマは静かな殺気を湛《たた》えたまま、優雅に一礼すると、校長室から退出した。

「エマは、いいオーガノイドだね。人間よりも、人間らしい」

「うん。なにせボクの――一番の親友だからね」

友達百人できるかな、と、ぼくはまた古い童謡を口ずさむ。

「ぼくも氷蜜にとってのエマのような、友達が出来たらよかったけど――ぼくにはきっと、無理だろうね」

「どうして、そんなことを思うんだい？」

「だってぼくは――罪人だから。今だって、エマには嫌われてしまったと思うよ」

「……ふむ。まったく。キミはすっかり心神を喪失した状態のようだ。よろしい。キミの精神状態を加味して、校則を一つ、付け加えさせてもらう」

「うん。氷蜜にぼくの危険性がわかってもらえて、うれしいよ」

「――イエロウは、学園内で適用される、全ての校則を破ってもいい」

「うん。……うん？」

「言ったはずだ。本校の校則は、キミが守るものではなく、絶対にキミを守るものだと。キミのことを守らない校則なんて、くそくらえじゃないか？　校則の破り方は、特甲服にキミ固有の〝ジャケットプレイ・モーション〟を設定してくれ」

「ジャケットプレイ・モーション？」

氷蜜は間髪を容れなかった。

「それでは早速、本校武道館の〝スカイ・ウォーク〟に移動しようか。そこでキミは、特甲服の使い方をよーく遊《まな》んでくれ」

「スカイ・ウォークって、何？」

氷蜜はさっきから、ぼくの知らない単語ばかりを並べて、にやにやとチェシャ猫のように笑うだけだった。

「……もしかして、氷蜜、怒ってる？」

「――いいや？　ボクはキミの神さまではないけれど、ボクはキミにとっての――チェシャ猫を気取りたいだけさ」

氷蜜に案内された武道館には、一人の少女と、一匹の犬がいた。

学園塔のワンフロアを占有する武道館には、ファッションショーのキャットウォークに似た、十六本の幅広の花道――〝スカイ・ウォーク〟が、横に並んでいた。

四本目のスカイ・ウォークに、『遊戯中』のランプ。

そこには、銀色の髪の毛先を黒に染めたツートンカラーの少女と、金色の毛並みの、ゴールデン・レトリーバーがいた。

黒銀の少女は夜色の特甲服に身を包み、銀色の槍を金色の犬に向けて、腰だめに構えている。

まるで黒銀の少女は、銀河を一つ、その身に纏《まと》っているみたいだった。

「彼女の特甲服のテーマは〝銀河《ギャラクシー》〟だ。非常に見応えがあるぞ」

黒銀の少女が鋭く銀槍を突き出す。金色の犬は軽やかに前方にステップ。銀色の槍と金色の犬が交叉する。黒銀の少女は素早く槍を戻す――黒銀の少女の背後に、銀色の星マークが浮遊した。

突き、戻り、振り払い、石突き打ち――黒銀の少女が槍を戻す度に、背後に銀色の星が装填され、槍を突き出す度に背後の銀星が発射される。

黒銀の少女の一連の動きは、拳銃の発射動作に似ている。

槍を戻す動作で、三つの星を装填し、槍を突く動作で、星を撃つ。

有機電脳《ハーモナイザー》の副作用で小脳の機能が補正されているから、ぼくたちには運動音痴は存在しないといっても、あの黒銀の少女が、とんでもない運動性能の持ち主だってことは、よくわかった。

「見ての通り、彼女は槍の型動作を、特甲服のジャケットプレイ・モーションに設定している」

「どんな動作でも、ジャケットプレイ・モーションに設定出来るの？」

「もちろん。衣服は、人間の動作に追随してきた。人間が初めて立ち上がり、動物の毛皮を体に纏ったその時からね。そんな衣服の機動性をゲーム化したものが、これからキミが遊《まな》ぶことになる体感型ゲーム――〝ジャケット・プレイ〟さ。武芸、舞踏、文芸、道術、スポーツ――人類の歴史と進化と共に洗練された、全ての人間的な動作がジャケットプレイ・モーションに設定可能だ」

「そりゃ凄いや」

「キミが遊《まな》ぶために、この学園には二十七の部活動が存在している。この学園の茶道部の生徒なんかは、正座して茶を点《た》てる仕草から、いきなりわからん殺しを仕掛けてくるぞ」

氷蜜と話しているうちに、黒銀の少女の背中からは、銀色の星の翼が生えていた。

黒銀の少女は銀槍を頭上で大きく振り回すと、歌舞伎の見栄《みえ》を切るように、銀槍を大上段から振り下ろして静止した。

「〝天の川流星群《ミルキーウェイ・スタードロップ》〟――彼女の必殺技《トレードマーク・モーション》だ」

背中の星の翼が折りたたまれるように、ゆっくりと前方に収束すると、銀星の流星雨が、武道館中に降り注いだ。

犬だって、負けちゃいない。

金色の犬は、足元に光巣結晶《ハニカム・フラクタル》の階段を構築すると、尻尾を大きく振って、全身に金色の炎を纏う。

金色の燃える火球になった犬は、透明な階段を足場にして、空中を自在に疾走する。

まるで犬の形をした炎が、宇宙と踊っているみたいだ。

「彼も、立派な学園の生徒だ」

「あの犬が？」

「あぁ。ひどい火事の犠牲者でね。第三度の熱傷だった。羽生の医療機関で再生治療をし、全身に特甲服と同じ素材の、DNAナノファイバーを殖毛する大手術を行った。その後、リハビリとデータ収集のために〝ジャケット・プレイ〟を遊《まな》ばせてみたところ、彼は非常に高い適性を示してね。特例として在学してもらっている」

「なんでもありなんだね」

「ボクは校長だからね」

氷蜜はふふん、と薄い胸を張った。

「――おっと、決着がつきそうだね」

空中を駆け回っていた犬が、少女の胸の一点を見定め、一直線に疾走。

黒銀の少女は迎撃の突きを繰り出し、同時に左足を後方に引いた。

少女は右足を左前方に伸ばし重心を右に寄せて、気配だけを犬の後方に送り込み、自らは銀槍を犬の真正面に残したまま、右足を左前方に踏み込んだ。

黒銀の少女の気配を、金色の犬は背後に感じていたはずだ。

金色の犬は、それに惑わされなかった。

迎撃の突きから繰り出された流星雨から垣間見える、黒銀の少女の足運びだけを信じた。

全身から一瞬だけ力を抜き、背骨を発条《ばね》のようにしならせて、少女の胸元に一直線に飛び込んだ。

黒銀の少女は、金色の犬の跳躍を読んでいた。

踏み込んだ右足にさらに深く力を籠め、半月を描くように、少女が宙返りした。

空中で銀槍を手放した黒銀の少女が、金色の炎を抱き締めるように、後ろから犬の首元に飛びついた。

少女に抱き締められた犬が、わふっ、と鳴いた。

黒銀の少女は、たまらなく愛おしそうに犬の頭を撫でると、金色の犬の毛皮に顔を埋めた。

少女に抱き締められたまま、犬がそっと、武道館の床に着地した。

「フフフ、素晴らしい名勝負だったよ、夜河銀色」

「げ。校長……」

幸せそうに犬の毛皮に顔を埋めていた黒銀の少女は、氷蜜を見つけると、露骨に嫌そうな表情を浮かべた。

「よるかわ、ぎんいろ……？」

夜河銀色——どこかで、聞き覚えのある名前のような気がした。

「——あぁ。夜河銀色は、学園内で五指に入る、特甲服の使い手だよ」

「わたしは去年、校長には一度も勝てなかったけどね。その上、校長は全勝無敗のままで留年を決めたから、わたしはもう、深く考えるのをやめた……」

「ハッハッハ、学年が違っても、いつだってボクは再挑戦を受け付けるとも！」

「芝居がかっている時の、校長の言葉は白々しい。信用に値しない。——そっちの男の子は、誰？」

「彼は朝比奈イエロウ。来月入学する特待生だ。今はボクと、学校見学中といったところだね」

「あさひな、いえろう……？」

銀色は、何かを思い出すように額に指を当てた。

「あなた、わたしと、どこかで、会ったことある……？」

「おいおい銀色くん、いくらイエロウが、とっても可愛らしい美少年だからといって、そいつは軟派の常套句としては、些《いささ》か古典的過ぎやしないかい？」

「そういうのじゃないってば。……まぁ、いいか。気のせいかな、わたしの」

「そうそう、気のせい気のせい。ところで銀色くん、名勝負の直後で申し訳ないが、もう一戦申し込んでも、構わないかな？」

「いいけど。でも、校長の〝百徳着物《ハンドレッド・オーバー》〟には、まだ敵《かな》う気がしないな」

「違う違う、戦うのはボクじゃない。イエロウだよ」

氷蜜の否定の言葉に銀色は、値踏みするように、ぼくの頭の天辺《てっぺん》から爪先までをじろじろと眺めた。

「相手が校長じゃなくても、わたしはいいけど。……でもその子、来月入学だって言ってたよね。〝ジャケット・プレイ〟のルール、わかってるの？」

「ルールどころか、有機電脳《ハーモナイザー》にゲームをインストールするのもまだだ」

「え」

根拠もないのに自信満々の氷蜜の言葉に、銀色は絶句した。

「しかしだ、夜河銀色。きみは、今日初めて特甲服を着たイエロウに――敗北する。圧倒的に。完膚なきまでに」

「校長の煽り言葉《トラッシュ・トーク》には乗らない。去年はそれで、よく負けたから」

銀色がゴールデン・レトリーバーの頭を撫でた。

「ここで待ってて――四十五秒で、片づけるから」

銀色がスカイ・ウォークの中央付近に移動する。

ウォーミングアップ代わりだろうか、銀槍で演舞を始めている。

「うん。事後承諾になってしまったが、イエロウも、それでいいかな」

「ぼくもそれでいいよ。ぼくもちょっと、遊《まな》んでみたくなってたところ」

氷蜜は満足気に笑う。

「それでは学内ローカル・ネットに接続して〝ジャケット・プレイ〟のゲームデータを、有機電脳にインストールしてくれ」

ぼくは氷蜜に言われた通りにする。

「空手、柔道、剣道、ボクシング、ムエタイ――〝ジャケット・プレイ〟で使用するための、格闘技の奥義書も一緒にダウンロードするかい?」

「それはいい。大概の格闘技なら多分、もっと高性能なモーションデータを有機電脳にインストールしてあるから」

「他社のOEM製品だね。次からは羽生の正規品を使うことをお勧めするよ」

「考えとく」

ぼくは有機電脳《ハーモナイザー》にダウンロードした〝ジャケット・プレイ〃を解凍――軽快なオープニング・テーマと共にゲームが立ち上がった。

「うん？」

網膜投影されたオープニング映像の隅に、デフォルメされた小さな氷蜜が、可愛らしくポップアップ。

『やぁ、イエロウ。本体のボクは二十七台のカメラを操作するのに一生懸命でね。ここからは、このボクがナビゲートするよ！　ボクのことは、親愛をこめて、ナビ氷蜜と呼んでくれたまえ！』

「脳内通話でいいのに。でも、ありがとう。ナビ氷蜜」

『どういたしまして。イエロウ。〝ジャケット・プレイ〃では、複雑で洗練された動作ほど、高威力の技が発生する。格闘ゲームのコマンド技のようにね。極論を言えば、クラシック・バレエの〝ボレロ〃を三分間の三倍速で踊り切れば、一撃必殺でゲーム終了だ。ま、人類にはきっと無理だろうけどね』

シルヴィ・ギエムにだって、多分無理だよ。

「それで、ぼくは、これから何をすればいい？」

『あぁ、〝ジャケット・プレイ〃の利用規約と免責事項に目を通して、許諾のサインを本校のサーバーに送信してくれ』

「うん。それから？」

『それから、ゲームが始まる』

「ゲームが始まると、どうなるの？」

『銀色くんが、キミに攻撃を仕掛けてくるだろうねぇ』

〝ジャケット・プレイ〟――トレーニング・モード。

《GAME START!》

反射的にぼくは、有機電脳にインストールされていたナイフ格闘術を起動。同時に、腰からナイフを引き抜く動作で、光巣結晶《ハニカム・フラクタル》製の小型ナイフを構築《ストラクチャー》。

間一髪、即席で構築したナイフが、銀色の槍を受け止めた。

破砕発光《フラクタル・ルミネサンス》――銀色の一撃によって砕けたナイフが、蜂蜜色の光を放って消滅。

『素晴らしい反応速度だ。――やはりキミには、才能がある』

「氷蜜が心の準備をさせてくれれば、もう少しやりようもあったけどね！」

ぼくは銀色の横をスライディングですり抜けて、スカイ・ウォークを前方に駆け抜ける。

逃げながらぼくは、振りかぶる動作を、ダーツ・ナイフを構築するよう、ジャケット・プレイ・モーションに設定。

振り向きざまに、ぼくは両手の指に挟んだダーツ・ナイフを七本投擲《とうてき》。当然のように放たれた七本は、銀色の槍に薙《な》ぎ払われる。

左手に一本だけ残したナイフの狙いは、銀色の目。

槍撃の隙を突き、ぼくはダーツ・ナイフの刃の部分を握って、ナイフの柄が銀色の右目に当たるように投擲——しようとしたぼくの体を、特甲服が束縛した。

　ぼくの特甲服が、まるで強力な拘束衣に変わったように、動かなくなっていた。

『まだ伝えていなかったけれど、特甲服や光巣結晶《ハニカム・フラクタル》で守られていない部分に、故意に攻撃しようとすると、校則違反だ。ペナルティとして六秒の間、特甲服の機能が完全停止する』

「それは銀色だって同じだよね？」

　特甲服《コクーン》が機能していないということは、このゲームにおいては無防備と同義語のはずだ。

　無防備な相手を光巣結晶《ハニカム・フラクタル》で生成した物質で攻撃できないということは、銀色もまた、悪質なペナルティで特甲服の機能が完全停止した、ぼくのことを攻撃できない。

　ぼくは六秒間のペナルティを〝ジャケット・プレイ〟の根幹——ゲーム・システムの理解に充てる。

〝ジャケット・プレイ〟のトレーニング・モードには、光巣結晶《ハニカム・フラクタル》の残量を表示するゲージが存在する。おそらくは時間切れの際に判定負け《タイム・オブ・デッド》があるゲーム・システムだ。

　例えば、ぼくが有効的な一撃を銀色に加えた後、悪質なペナルティを自ら繰り返すことによって、ＴＯＤを狙うことだって可能なはず。

　——この現実《ゲーム》、壊しちゃってもいいかなぁ。

　誰も彼もがきみのつくったルールに、従ってくれるわけじゃないんだよ、氷蜜。

　ぼくの脳内思考を読んだような、ナビ氷蜜の回答。

『あぁ、故に強力なタメ技——必殺技《トレードマーク・モーション》が飛んで来るぞ』

動けないぼくを尻目に、六秒間のペナルティをたっぷり使って、銀色は銀槍で大見栄を切った。

必殺技《トレードマーク・モーション》──大の川流星群《ミルキーウェイ・スタードロップ》。

スカイ・ウォークを埋めつくすような、銀色の流星雨。

六秒間の拘束が解ける。

下手に逃げを打つより、飛び込んだ方がダメージは少ないと判断。光巣結晶《ハニカム・フラクタル》の楯を構築して、ぼくは激しく降り注ぐ、銀色の雨に突っ込んだ。

光巣結晶《ハニカム・フラクタル》の楯を突き破って、何発かの流星がぼくの胴体に直撃する。

《JACK POT!》

有機電脳から、高らかにゲーム音声が響く。

鳴り響いたゲーム音声と共に、ぼくの特甲服から光巣結晶《ハニカム・フラクタル》が放出され、銀色の特甲服に吸収されていった。

『今のが大当《ジャック・ポット》たりだ。必殺技《トレードマーク・モーション》がヒットすると、大量に光巣結晶《ハニカム・フラクタル》を回収されるぞ』

「特甲服から光巣結晶《ハニカム・フラクタル》を生成できなくなったら、ぼくの負け？」

『理解が早い。〝ジャケット・プレイ〟のトレーニング・モードに設定された、イエロウの特甲服の光巣結晶《ハニカム・フラクタル》残量は、四割を切っている』

〝ジャケット・プレイ〟のゲームシステムは、大体理解した。

プレイヤーはジャケットプレイ・モーションで構築した光巣結晶《ハニカム・フラクタル》で、特甲服を攻撃する。

攻撃行動に応じて、特甲服に蓄積された光巣結晶《ハニカム・フラクタル》が消滅、あるいは吸収される。

また、ゲーム中に校則を破った場合、六秒間のペナルティがプレイヤーに与えられる。

『本校の校則を、破ってみたくなったかい？』

小さなナビ氷蜜が視界の隅で、本物の氷蜜よろしくニヤニヤと、チェシャ猫のように笑っていた。

「それはまだいい。銀色のこと殺すつもり、ないから」

『それはよかった。――〝ジャケット・プレイ〟は、一八〇秒の真剣勝負。ここからがキミの、本当の勝負だぞ』

「わかってる」

ゲームの面白さの一つは、射幸性だ。

ボタンを押して、なにかが起こると、楽しい気分になる。

ボタンを押して、なにも起こらないと、がっかりする。

なにも起こらないボタンはいずれ誰も押さなくなるし、なにかが起こるボタンが目の前にあれば、人間という動物は、そのボタンを飽きるまで押し続ける。

それは、ぼくたち人間種が抱えている、根源的な本能だ。

ぼくたちはボタンを押すことが、大好きなボタン・ヘッド。

間欠強化《ボタン・ヘッド》の法則に従う実験マウスのように、ボタンを押せば嬉しい〝何か〟が起きることを、ぼくたちは――ぼくは、期待する。

特甲服《コクーン》による〝ジャケット・プレイ〟は、全身がゲームのボタンになっているみたいなものだ。

腕を振れば〝何か〟が起こる。足を前に蹴りだせば〝何か〟が起こる。

ぼくは特甲服が引き起こす、未知なる〝何か〟に、ワクワクしている。

〝ジャケット・プレイ〟――この現実《ゲーム》は、確かに、面白い。

「ナビ氷蜜、ゲームのBGMは、デフォルトから変更可能？」

『もちろんだとも。なにがいい？』

「レイフ・ヴォーン・ウィリアムズ――〝すずめばち〟」

ぼくの有機電脳《ハーモナイザー》から、スズメバチの羽音のような高音のトランペットが、唸り声をあげる。

銀色の槍を右手のナイフ一本で捌きながら、ぼくは防御行動の全てをジャケットプレイ・モーションに設定する。

ナイフを構える＝胴部構築／左足を後方に引く＝尾部構築／退きながら槍を受ける＝頭部構築／ナイフの刃で銀槍を滑らせる＝尾部から機銃を構築／銀槍を大きく弾《はじ》く＝背部からアフター・バーナーを構築／牽制の一撃を銀色に放つ＝機銃にフレシェット弾を構築&装填。

ぼくの肉体の躍動が生み出す、恐ろしい速度のジャケットプレイ・モーションを、ぼくの特甲服は、余すところなくスズメバチを模した流線形の飛行ドローン――『VESPA』へと構築《ストラクチャー》した。

『完全に有機電脳に自動制御された、完璧な肉体の躍動だ。奥義書の真髄を完全再現している。イエロウの電脳《ニューロマンサー》思考能力は、本当に末恐ろしいね』

氷蜜の言葉がくすぐったい。

褒めたり持ち上げたりすることで、ぼくのモチベーションを向上させようとする氷蜜の話術なのだろうけど、今のぼくには少し鬱陶《うっとう》しい。

「氷蜜。あんまりぼくを、気持ち良くしないで」

『おや、見破られてしまった。だけど、有機電脳《ハーモナイザー》が導く一秒先の未来だって、普通の人間には、命や体を預けられないものなんだぜ？　これはボクの――心からの本心さ』

ぼくはオーケストラの指揮者のように、完成した『VESPA』に向かって、左手を高く振り上げる。

「――蜂の巣にしてやれ、『VESPA』」

ぼくの電脳指令《コマンド》に『VESPA』が、スカイ・ウォークを旋回しながら機銃掃射。

銀色が前方に槍を回転させて防御／回転する銀槍が矢継ぎ早にフレシェット弾を跳弾／同時に銀色の後方に星の翼が構築されていく。

銀色は機銃の一斉掃射から逃れるために後方に一歩飛ぶと、銀槍を四方四維の天地八方を睨む、八相《はっそう》に身構えた。

『後の先、というやつだね。こうなった銀色くんは難攻不落だぞ。銀色くんに限らず、本校の武芸者は、あらゆる攻撃を迎撃することばかり考えている。奇襲、夜襲、朝駆け、不意打ちを喰らうのは、己の未熟さこそが、その卑怯を許すのだとね。――一瞬の隙から、問答無用の先手必勝で相手を無力化しようとする、キミの天敵と呼べるだろう』

「――ナビ氷蜜。もしかして、狙って銀色とぼくをマッチングした？」

『さぁ。どうだろうね。ボクはキミの、神さまじゃないからね』

ぼくは氷蜜の言葉を今は聞き流す。なにしろ目の前の銀色にはまったく隙がない。

銀色の八相構えは、伊達じゃない。

——真っ向勝負だ。

銀色も、それを望んでいると、思った。

ぼくは右拳をまっすぐに、前に突き出した。

「まっすぐ飛べ。『VESPA』」

『VESPA』が突撃槍を構えた、馬上騎士のように突撃。

騎士同士の馬上試合《ジョスト》のように『VESPA』と銀槍が交叉／金属製の金切音を立てながらぼくの
『VESPA』が銀槍の威力に打ち負ける。

『VESPA』は速度を失い、ふらふらと銀色の後方に失墜——。

失墜しかけた『VESPA』のアフターバーナーが、激しく赤く、燃焼した。

打ち砕かれた『VESPA』が再加速する。

再加速した『VESPA』は、銀星を背負って疾走する銀色の背中に向かって猛追撃。

ぼくは突き出した拳を、自爆ボタンを押すように、固く握り締める。

「自爆しろ。『VESPA』」

完璧なタイミングで、『VESPA』が爆破炎上。

有機電脳がエラーを吐く——ぼくはもう、ナイフ一本だって構築できない。

この全方位からの爆炎を防がれたら、ぼくの負けだな、と思った。

爆炎の赤一色から、一条の、銀色の光。

爆風の中から飛び出した銀色の左手がぼくを押し倒し、右手から繰り出された銀槍が、不格好に倒れた、ぼくの喉元に突きつけられる。

「わたしの勝ち。イエロー」

勝敗を分けたのは、ぼくと銀色の特甲服の違い。

男物の特甲服と、女物の特甲服の機能的相違——つまり、スカートの有無だった。

銀色は爆風で大きく揺れたスカートの動きを、ジャケットプレイ・モーションに設定。

光巣結晶《ハニカム・フラクタル》の壁を緊急構築《スクランブル》して、爆圧の衝撃から身を守っていたのだ。

「でも、四十五秒ではイエローのこと倒せなかったから、わたしの負け」

「いいや。ぼくの完敗だ。——ぼくも銀色みたいに、スカートを穿《は》けば良かったかな」

銀色は、星のような瞳を、ぱちくりと瞬かせた。

「男の子がスカートを穿くのが嫌じゃなかったら、学内の購買部で売ってるよ。ひらひらした衣装は、ジャケットプレイでも有効だから」

「うん。今度その、購買部に案内してよ、銀色」

銀色は、ぼくの言葉を吟味するように考え込み、深く頷いた。

「イエローは、からっぽで、嘘がないみたいだね。校長と仲が良さそうだったから、わたしは少し、イエローの言葉の裏を警戒してた……。日常会話で読み合いが発生しそうにないのが、すごく、いいと思う……」

「うん……？」

有機電脳が網膜投影する画面に、見慣れない数字とコメントが浮かんでいた。

『やるじゃねぇかよ、チビ』『GG』『アィィィ！』『HIS NAME! PLEASE!』『アサヒナ・イエロー、だってさ』『Yellow? Yellow... What a beautiful name!』『イエローたんハァハァ』『スーパークール&アナーキー！』『でもそれがイイネ！』『くるよくるよ！　くるよくるよくるよ！』『強くなるのだ』『グッドボーイグッドゲーム』――。

蜂の巣《ビーハイブ》をつついたような、コメントの嵐だった。

ナビ氷蜜が、はしゃぎながらコメントの中にポップ・アップ。

『素晴らしい試合だったよ、イエロウ！　イエロウが今の試合で行ったジャケットプレイ・モーションには、二つの学内特許と、一つの革新的技術の申請が、認められるとも！』

「ナビ氷蜜、この数字とコメントは、何？」

『コメントは電子黒板《ビーズ・ボード》。みんなが書き込める掲示板のようなものさ。数字はスーパー・チャットの投げ銭だよ。今の試合は本体のボクが編集して、学内のローカル・ネットに配信している。スーパー・ルーキーの登場に、学園中が湧き立ったというわけさ。この投げ銭は学内で通用する暗号通貨だから、キミはこれを自由に使っていい。一学期から始まる学生《ビーズ》ランキングで上位にランクインすると、結構な額の賞金が、学園から毎週支給されることになるぞ』

なんだか蜜蜂の子供になったみたいで、ぼくは少し嬉しくなる。

「面白いシステムだね。――負けても、褒めてくれる人がいるんだ。うん。なんとなく、負けたらぼくはここでお終いで、ぼくはぼくの全部を失うんだと思ってた」

「この学園で得た、一つめの遊《まな》びだ。イエロウ。それを――大事にしてくれ」

「うん。そうする。ありがとう。氷蜜」

ぼくは氷蜜に、何度目かの感謝を述べた。

ここに来てから、ありがとうの連続だ。

家族たちと――父さんの側にいた頃は、こんなに誰かに向かって、ありがとうなんて言ったことはなかったと思う。

試合を見守っていたゴールデン・レトリーバーが、スポーツドリンクのペットボトルを咥《くわ》えて、銀色に向かって駆け寄ってきた。

「ありがと、ペチカ」

「暖炉《ペチカ》？　その犬の名前？」

「そう、暖炉みたいにあったかいから、ペチカ」

「――もしかして、北原白秋？」

ぼくの記憶の中で、何かが疼《うず》いていた。

「そう――雪の降る夜は楽しいペチカ。ペチカ燃えろよ、お話しましょ。むかし、むかしよ――」

ぼくは銀色のフレーズを引き継いで歌う。

銀色の歌声を、ぼくが追いかける輪唱だ。

ぼくはまだ声変わりをしていない、ボーイ・ソプラノの声で歌う。

「――燃えろよペチカ。雪の降る夜は楽しいペチカ」

「ペチカ燃えろよ、表は寒い——」

歌声が重なる度、ぼくは何かを思い出していく——。

それは、銀色も同じようだった。

「栗や栗やと呼びますペチカ。雪の降る夜は楽しいペチカ」

「ペチカ燃えろよ、誰だか来ます」

母さんが開いていたピアノ教室。いつもの日曜日の午後。

小さなぼくは、母さんのピアノ伴奏と一緒に、誰かとこの歌を歌ったことがある。

「お客さまでしょ。嬉しいペチカ。雪の降る夜は楽しいペチカ」

夜河銀色——ウクライナ系四世の、クォーター・ハーフの少女。

綺麗な銀色の髪。雪のように白い肌。

——静かな夜に降る雪のような、訥々《とつとつ》とした歌声。

「ペチカ燃えろよ、お話しましょ」

「火の粉ぱちぱち。撥《は》ねろよ——ペチカ」

ぼくたちは、ほんとうの姉弟のように仲良しだった。

ぼくたちは顔を見合わせる。

思い出の中の小さな銀色の顔が、現在の銀色の顔と重なった。

傍らのペチカが嬉しそうに、わふっと鳴いた。

「銀色！」

「イエロー！」

ぼくたちは同時に氷蜜を振り返り、この愉快犯に向かって大声で叫ぶ。

「氷蜜、黙ってたね！」

「校長、黙ってたね！」

案の定——氷蜜はやっぱり、チェシャ猫のように、笑っていたのだった。

Interlude : Fire clashs the Ice

――家が、赤く燃え始めていた。

昼寝に丁度良かった、居心地のいいリビングも。銀色と秘密基地ごっこをして遊んだ、草色のソファベッドも。母さんに抱かれて眠った、空色のベッドも。ぼくのお気に入りだった、ベヒシュタインのグランド・ピアノも。

撃たれたまま動かなくなった、母さんの死体も。

蜂蜜色の有機コンピューター〝ハニー〟も。

一宮《にのまえ》伊右衛郎だった、八歳のぼくも。

ぼくの家を構成していた何もかもが、燃えてなくなろうとしていた。

「――伊右衛郎《イエロー》。おまえにはもう、帰る家は必要ないんだ」

七色に混色したドレッド・ヘアー／焔を照り返して蜷色《にないろ》に煌めく虹色ゴーグル／ゴーグルの奥底

で悪夢のような色に濁る右目——朝比奈レインボウ。

ぼくの父親を名乗る人が、そう言った。

「どうして?」

「俺《パパ》と、素敵な家族たちが、世界中にいるからだ。家族が待つ世界中が、俺《パパ》たちの帰る場所なんだ。伊右衛郎《イエロー》。おまえに俺《パパ》の愛する家族——兄弟姉妹たちを紹介しよう。

長男のクリムゾンだ。凄腕の天国への道先案内人《ゲット・アウェイ・ドライバー》でもある。無免許だが、あらゆる地上車両、水上船舶、潜水艦、航空飛行機——それこそ宇宙船以外だったら、なんだって操縦できる。俺《パパ》の出来息子であり、世界で一番頼れる、おまえたちの兄貴だ。

三男のベルートーは、銃撃のスペシャリストだ。ちょっと前まで南アフリカで少年兵をやっていた。オツムがちょいと鈍いが、それはこいつの頭の中に、少年らしい夢とか浪漫の代わりに、戦場の天国と地獄が詰まっているからだ。

四女の玫瑰紫《メイグェイズ》は、イカした炸薬娘《ボンバー・ガール》なんだ。物凄く鼻が利く。黒色火薬、綿火薬、ピクリン酸、オクタニトロキュバン、トリニトロトルエン、ニトログリセリン——四十七種類以上の火薬を、匂いだけで嗅ぎ分けて、用途に応じた爆薬を自在に調合する。

十一女のアズール。こいつはまだまだ見習いだな。体が出来ていないから、俺《パパ》は洗礼を授けていない。俺《パパ》の見立てじゃあ、隠し武器辺りが得意そうだが。伊右衛郎《イエロー》はお兄ちゃんらしく、この小さな妹のことを手助けしてやってくれ。

俺《パパ》の家族は世界中にまだまだ居るが、今日のところはこんなもんだ。俺《パパ》の近衛《このえ》メンバーは、増えたり減ったりする。イカサマが得意な手妻師《たづまし》みたいにな」

焼け落ちていく家の代わりに、十六歳のクリムゾン兄さんと、十四歳のベルートー兄さん、十三歳の玫瑰紫姉さん、そして六歳だったアズールが、お伽噺《とぎばなし》の小人妖精《ビリー・ブラインド》よろしく、ぼくの世界に登場する。

小人妖精《ビリー・ブラインド》たちは、悪戯好きの妖精のように、ぼくの家中にガソリンを振り撒きながら、無邪気に走り回っていた。

「俺《パパ》たち家族に必要ないのは、母親だけさ」

「だから、母さんのことを、殺したの？」

「――そうさ」

ぼくの心の片隅に、この父親を名乗る人に対して、黒いもやのような塊が生まれる。

その黒いもやもやは、ぼくの心の隅々まで広がって、何かになろうとしていた。

ぼくの心と顔色を読んだのか、父さんが優しく微笑む――氷蜜の学園で、十六歳になる現在のぼくは、この聖母のような微笑を浮かべた父さんの、半径二百メートル以内に存在してはいけないことを、身を以《もっ》てよく知っている。

「なんだか欲求不満があるみたいだな、伊右衛郎《イエロー》。――こないだの誕生日で、おまえ、いくつになった？」

「……八歳」

ぼくが八歳の少年ではなく、十六歳の高校生だったならば、母さんは死ななくて済んだのだろうか？

「八歳か。丁度良かった。——総員集合《カムヒア》！」

家のそこら中から、血相を変えた小人妖精《ビリー・ブラインド》たちが集まってくる。

集まる途中でベルートー兄さんが、死体の母さんを踏みつけにする。自分の体が足蹴《あしげ》にされたわけではないのに、ぼくはそれを『痛い』と感じた。

「これから伊右衛郎《イエロー》に〝洗礼〟を授ける。みんなで体を押さえてろ」

父さんの言葉に顔色を変えた、小人妖精《ビリー・ブラインド》たちが一丸となって、八歳になるぼくの体を拘束する。

クリムゾン兄さんが、ぼくの右足を。

ベルートー兄さんが、ぼくの左足を。

玫瑰紫姉さんが、ぼくの右腕を。

アズールが、ぼくの左腕を。

左手だけはどうにか動かせそうだったけど、ぼくはとっくにもう、抵抗しようだなんて気はなかったんだ。

真正面でぼくの目を見据える父さんが、ぼくの半ズボンの股間を、執拗にまさぐった。

「なんだ伊右衛郎《イエロー》。——男の子だったのか」

だからどうしたって言うのだろう。ぼくは呻《うめ》く。父さんは股間をまさぐる厭《いや》らしい手つきを止めない。段々とぼくの背中のあたりに、むず痒いような感覚が走る。

父さんが手早く半ズボンのファスナーを下ろし、ぼくのブリーフを脱がす。

ぼくの小さなぼく自身が、外気に晒《さら》された。

父さんは指を器用に使って、ぼく自身を優しく刺激する。

むず痒いような感覚は、ぼくの背骨の内側をなぞるように沿って走ったままだ。

ぼくは未知の感覚から逃げるように、父さんから顔を逸らす——死体になって廊下に放置された、母さんの見開いた両目と、目が合ってしまう。

「〝母が子を、愛する心深く日に、父が我が子の魔羅を吸う〟——俺《パパ》が〝男〟を感じさせてやるからな、伊右衛郎《イエロー》」

父さんは、ぼく自身を舌で剥き、その全部を口に咥《くわ》えた。

八歳のぼくは、ペニスが食べられちゃった！　と情けない悲鳴をあげたはずだ。

十六歳になる学生のぼくは、父さんのその行為が、オーラル・セックスであることを知っている。

こんなひどいことをするなんて、父親なんかじゃないって、ぼくの理性は叫ぶけど、ぼくに流れるぼくの血は、ぼくの理性を否定する。

息子自身の一物を、恍惚とした表情でしゃぶっているのが、ぼくの父親だ。

ぼくは父さんの口の中で、男としての幸福を、存分に味わわされている。

うあぁ、とぼくは女のような悲鳴をあげて腰を引く。父さんの舌は、千匹の蛇が絡みつくようにぼく自身の外側を這いまわり、ぼくを逃がさない。

父さんがくぽっ、くぽっと唾液で湿った音でぼくを前後する度に、父なし子だったぼくが抱いていた、父性に対するぼんやりした憧憬のようなものを、父さんは粉々に打ち砕いていく。

「ひもひいーい《きもちいーい》？」

ぼくの喉は、凍り付いたように動かない。

ぼくが何も答えられないことをいいことに、父さんは舌によるぼくの愛撫を続ける。

父さんはぼくに征服されることで、ぼくを暴力的な快楽で拘束し、支配しようとしている。

ぼくにはそれが、はっきりとわかった。

父さんの喉奥に、ぼく自身が突きこまれる度に、ぼくは自分が強くなったような錯覚を覚えてしまう。

性的刺激、性的興奮、性的慰撫——性的な快楽を伴う激しい弛緩《しかん》が、さざ波のようにぼくの背中を震わせている。

なにかが来る。

ぼくはオーガズムに達しようとしている——母さんの死体の横で。

「大丈夫だ！　伊右衛郎《イエロー》！　あと少しだから！　大丈夫なんだ！」

家族たちの、本当に心配そうな声。

血の繋がったぼくには、それが父さんに言わされている台詞などではなく、心底ぼくのことを心配した、家族からの本当の声だってことが、わかってしまった。

理由もないのに、涙が流れ落ちた。

流れ落ちた涙は、父さんの七色の髪を濡らした。

そして、オーガズムがやってくる。

ぼくは父さんの口の中で、炸裂した。

――激痛。

オーガズムの余韻を麻酔代わりに、父さんがぼくのペニスの包皮を嚙み切ったのだ。

右足を押さえていたクリムゾン兄さんが、鼠径部《そけいぶ》を圧迫して止血。

左足を押さえていたベルートー兄さんが、ぼくのペニスの傷口を消毒。

右腕を押さえていた玫瑰紫姉さんが、清潔なガーゼで、素早くぼくのペニスを包む。

左腕を押さえていたアズールが、ぼくの傷ついたペニスを、ガーゼの上から優しく撫でた。

割礼――兄弟姉妹たちの手は宗教的な儀式のように、どこか機械的に動き、これが家族になるための通過儀礼だったってことを、ぼくは頭ではなく血で理解した。

レインボウ父さんは、血と精液が混じったぼくのペニスの包皮を、くちゃくちゃとガムのように嚙み、喉を鳴らして飲み込む。

「まろやかではあるが、奥に尖った味があるな。攻撃的でさえある。雀蜂の肉――いや、雀蜂の幼虫が吐き出す、アミノ酸混合物の味に似ているな。雀蜂の成虫は、幼虫が吐き出す栄養液《ヴァーム》を失えば餓死をする。そのために成虫は自然で狩りを行い、幼虫のために餌を運ぶと聞くが――。ククク、おまえは何とも啓示的な息子だな、伊右衛郎《イエロー》」

父さんがぼくに、恋人のような視線を向ける。

絶頂と激痛の余韻に、未だ呆然としているぼくの唇に、父さんは祝福のようなキスをする。

若草の露のように青臭い精液の、匂いと味が残る口づけ。

ぼくのファースト・キスは、血と、唾液と、精液の味がした。

「——おまえの正体を教えてやろう、伊右衛郎《イエロー》。おまえは男を惑わす淫売だ。おまえは寝所に忍び込んだキイロスズメバチの針。おまえはおまえの見かけに油断した男を、音を立てて仕留めることを得意とするだろう。——そしておまえは、家族のためにしか生きられず、家族のためにしか死ぬことはできない」

レインボウ父さんが何を言っているのか、八歳のぼくは、まだわからないでいる。

「アズールには、それ、してくれないの？」

興奮して上気した顔のアズールに、レインボウ父さんは、蛇のように舌を長く伸ばして笑う。

「アズールが八歳になったら、俺《パパ》がレロレロしてやるからな」

アズールが、顔を真っ赤にした。

「そろそろ脱出しようぜ。最後の爆破は遅らせてたけど、もうすぐ火の手が、ここまで回ってくる」

玫瑰紫姉さんがぶっきらぼうに言う。

「あぁ、外に新車を待たせている。早く皆にお披露目したいなぁ。フォードのマッハ1だよ。ワン・オーナーがガレージに死蔵してたのを、私とベルートーで、救い出してやったんだ」

「やってやったんだぜ！」

クリムゾン兄さんの言葉に、ベルートー兄さんが生身の二の腕に力こぶをつくると、なんだかそれが、とても頼もしいことのように聞こえて、ぼくは素直に喜ぶ。

家族が嬉しいと、ぼくも嬉しい。

家族の喜びは、ぼくの喜び。

ぼくの喜びは、家族の喜び。

アズール、ぼく、玫瑰紫姉さん、ベルートー兄さん、クリムゾン兄さん、レインボウ父さん――

ぼくたちは仲良く手を繋いで歩く。

まるで愛し合う、家族のように。

ぼくたちの背後で、大きな花火のような爆破音が鳴り響く。

ぼくは新しい家族と共に、生まれ育った懐かしい家を巣立つ。

ぼくは、朝比奈伊右衛郎。

アサヒナ・ファミリーの虹の一色。

だけど、ぼくの心の片隅に巣食った、もやもやした黒い塊――その形は、きっと雀蜂の巣に似ていたんだ。

CONTINUE 2：Water Gun Splash Out

——初めに、銀色がやられた。

銀色がやられたのは、屋上プールの真ん中で、熱に呆けたように昔の思い出の中で溺れていた、間抜けな今のぼくをカバーしようとしたからだ。

放心したように停止《フリーズ》したぼくを庇《かば》おうと、物陰から慌てて飛び出した銀色を、待ち構えていたようなエマの伏撃だった。

スナイパー・ライフル型のウォーターガンの三点射。

放たれた三発の水弾が、応射しようとした銀色の右腕・左足・胸部に着弾——見えない糸に操られた人形のように、銀色が屋上プールに水没。

プール中央から噴きあがる、噴水の飛沫《しぶき》を避けようと物陰に潜んだペチカが、間欠泉のように噴き出した横殴りの水流ギミックに吹っ飛んで、下流へと流されていく。

続いて不用意に飛び出した小平次が、ぎゃあああー、という情けない叫び声をあげて、エマのウォーターガンの餌食になった。

チームメイトの二人と一匹が立て続けにやられ、ゲームに対する集中力を取り戻したぼくは、エマの狙撃位置を確認。

前方を睨む——勝利条件であるビーチ・フラッグを視認。

援護射撃なし、遮蔽物なしの五十メートル・ラン。

ぼくたちの逆転勝ちには、もうそれしかない。

ぼくは光巣結晶《ハニカム・フラクタル》を編んで、背面に盾を構築。

腰に吊り下げたウォーター・ポンプから、水弾を限界まで充填する。

ハンドガン型のウォーターガンを両手に構え、ビーチ・フラッグに向かって、ぼくはプール・サイドを一直線に走る。

背後から迫り来るエマの狙撃——高速水弾を振り切るように猛スピードで疾走。

「どうしたイエロウ！　動きが悪いぞ！」

光巣結晶《ハニカム・フラクタル》で構築したビート板を幾枚も水面に浮かべ、そいつを足場に対岸から猛ダッシュしてくる、両手にマシンガン型のウォーターガンを構えた浴衣姿の氷蜜だった。

笑顔の氷蜜——太陽光を反射して、八重歯が可愛らしく煌《きら》めいた。

——わかってるよ、氷蜜。今すぐ再起動するからさ。

ぼくは左手のウォーターガンを水平射撃。

水面を走る水鳥のように、四発の水弾が氷蜜に急速接近。

氷蜜は一発目の水弾を身を捩るようにして躱《かわ》し、二発目の水弾を右手のウォーターガンで撃墜。
三、四発目の水弾を、ビート板を右足を叩きつけるように踏むことで噴出した水壁で防ぐ。
水飛沫を派手にあげながら、氷蜜が天高く跳躍した。

「当たらなければ、どうということもない！」

言葉と共に、空中で氷蜜が、二つに分身する。

嘘じゃない。

光巣結晶《ハニカム・フラクタル》で構築された、もう一人《シュレーディンガー》の氷蜜がそこにいた。

二人の氷蜜が構えた、四つのウォーターガンが一斉に掃射される。

前後左右、逃げ場なしの飽和射撃。

ぼくは射線の隙間からプールに向かって背面跳び、水面すれすれからビーチ・フラッグを狙って
ウォーターガンの引き金を絞る。

ぼくは二人の氷蜜からの一斉掃射を受けて、プールに背中から着水。

最後に撃った水弾の行方を、視線だけで追う。

最後にぼくが撃った水弾は、無情にもエマの狙撃によって撃ち落とされた。

（——なにか起これ）

ぼくは背面からゆっくりと、プールの底に水没する。

永遠のような一秒《ワンタイム・ライク・フォーエヴァー》。

水面から差し込む陽の光が、きらきらして綺麗だった。

ぼんやりと水底から反射光を眺めていると、向こうから泳いできた銀色に、水中で体を持ち上げられた。

銀色に抱えられながら、ぼくは水面に浮上する。

ぷはっと大きく深呼吸すると、消毒薬の匂いがした。

西暦二〇九七年、四月一日。

入学式を一週間後に控えた、春休みの、なんでもない一日。

日差しに煌めく、ガラスの学園塔。

夏の匂いがする、巨大な屋上プール。

〝ジャケット・プレイ〟のスプラッシュ・バトルモード。

摂氏三十五度の気温の中で、冷たいプールの水温が、心地良かった。

「校長に落とされた後、ずっと浮かんで来ないから、すごく心配した」

ぼくの顔を覗き込む、心配そうな顔の夜河銀色。

銀色が着ているのは、水泳用の特甲服《コクーン》。漆黒の布地に、銀のストライプの入った競泳水着——機能美のみに特化した水中戦闘服《スイムウェア》。

「ごめん。水中の光が綺麗で、見惚《みと》れてた」

銀色は軽く溜息。

「イエローは、オンオフの差が激しすぎ」

「ごめんね。ぼくってさ、一度思考が止まっちゃうと、全部が止まっちゃうみたいなんだ。ブレーカーが落ちた、電化製品みたいに」

あの時のエマの殺気――ウォーター・ガンのスコープ越しに殺気を向けられた瞬間、ぼくはレインボウ父さんとの思い出の中に放心してしまった。

優秀な狩人の前では、野生動物が、観念したように腹を向けて降参のポーズを取ることがあるように、エマの殺気には相手を屈服させたり、支配するような強制力があったと思う。

ちょっと悔しい。

ここが家族と一緒に回った、世界中の戦場だったり、凶悪犯罪の現場だったりしたのならば、こんな無様な不覚は取らなかったと思う。

ぼくは額のオートバイ・ゴーグルを深めに被り直し、片肘をついてプール・サイドに上がる。

――でも、ここは学校で、今は〝ジャケット・プレイ〟のゲーム中だ。

ぼくも、いつまでも無敵の家族犯罪結社の一員気分ではなく、羽生芸夢学園の一生徒としての自覚を持って、環境適応《ローカライズ》していかなければならないのかもしれない。

ぼくから少し遅れて、銀色も水面から体を出す。

立ち上がった銀色の濡れた髪から、光を帯びた水滴が流れ落ちた。

「銀色って、結構大きいよね」

「え、うん？　そ、そうかな？」

「うん。最後に会った時より、ずっと背が伸びてる」

ぼくの背丈が一六〇センチに少し足りないくらいだから、銀色は多分、それより一〇センチは高い。

「あっ、うん、そうだね。背丈の話、だよね」

銀色は何故か、競泳水着の胸の前で腕を組んで、少し恥ずかしそうにしていた。

「おぉーい！　勝負あったかー？」

どうしたのかな、と銀色に問いかける前に、小平次の大声が響いた。

プールサイドから、のんびりと歩いてくる小平次とペチカ。

ペチカが大きく身震いして体の水気を吹き飛ばすと、わふぅと気持ち良さげに鳴いた。

銭形小平次は、トランクス型の男性用水着に、アロハ柄の上衣をつっかけている。

ペチカはまぁ、いつも通りの金色毛並みだ。

ぼくたちに近づいてきた氷蜜──足元の裾をたくし上げただけの牡丹《ぼたん》模様の浴衣姿──が、呆れたような声を出した。

「だらしないぞ。二対四のハンデ戦で、ボクたちに手も足も出ないなんて」

氷蜜の意見に追従《ついじゅう》するようなエマの陶器の声──モスグリーンのツーピース・ビキニ姿。

「まぁ、仕方がありません。私とお嬢様の完全なコンビネーションの前に、即席のチームが敵《かな》うはずもありませんから」

「布面積が少ない方が有利なルールで、校長はあまりにも風情がない……」

銀色が言う通り、〝ジャケット・プレイ〟のスプラッシュバトル・モードでは、特甲服《コクーン》の水着部分に一定以上の水分が付着すると、三秒間の光巣結晶《ハニカム・フラクタル》の構築機能の一時停止がルールだ。

「わっはっは。布面積が大きくなれば被弾の危険性が上がりこそすれ、光巣結晶《ハニカム・フラクタル》で構築できる総量は増加する。それこそ〝当たらなければ、どうということもない〟さ」

ぼくは口を挟んでみる。

「それにしても、人間サイズの光巣結晶《ハニカム・フラクタル》を構築、運動制御するのは、相当なものだと思うけれど」

「校長がトンデモSF系生命体なのは、去年十分すぎるくらいに思い知らされたから、わたしはその辺りを深めに考察するのを諦めた……。イエローも、あんまり考えない方が、いいと思うよ。負けが込むから」

疲れ果てたような声で、銀色が呟く。

「そうなんだ？」

「お嬢様が最強であるのは、義務教育以前の常識ですね」

「ボクが摩訶不思議なのは、義務教育以前の常識だねぇ」

エマと氷蜜が、揃って頷いた。

この二人、主人と従者というよりは、本当の姉妹のように息がぴったりだった。

「先ほどのイエロウの疑問に回答するのならば、和装の特甲服の特徴の一つだからだと、ここではお答えしておこうかな。――袖を振る、袖を引く、袖を返す、袖を別《わか》つ、袖に入れる、袖を濡らす、といった袖に関する慣用句が多く存在することが示すように、和服の袖口は洋装に比べて広く、まるで布製の折り紙のように多彩な動きを可能とする」

右袖をぱたぱたと扇のようにはためかせながら、ボクのトレードマーク・モーションは神楽舞いさ、と氷蜜は笑った。

「それに、ボクの特甲服には、基本となるミツバチの他にも、百種の生物のＤＮＡナノファイバーを織り込んで、性能を多機能型に向上させている」

銀色が説明を付け加える。

「肩上げもしていない和装で、用途に応じて特甲服を着こなせるのは、校長の修練の賜物だと思うけどね。わたしも特甲服のストライプ部分に、兜虫のＤＮＡナノファイバーを編み込んで光巣結晶《ハニカム・フラクタル》の強度を上昇させているけど、校長のは特別」

「ボクが特別だなんてことはないさ、銀色くん。本校の校訓を忘れたかい？ 本校の校訓は、挑戦《チャレンジ》、配信《ストリーム》、広告収入《プロパゲート・マネタイズ》だ」

「忘れてない。要努力」

「うむ。その調子だとも！ ボクらの特甲服は、銀色くんの意思と努力に、必ず応えてくれるはずさ」

　氷蜜と銀色の会話から、ぼくは情報を精査している。特甲服の構築機能の停止は、特甲服の運動機能の停止を意味しない。

〝ジャケット・プレイ〟のスプラッシュバトル・モードのルールを再確認する。屋上プールのマップを網膜内に表示。氷蜜の特甲服の構築能力と、エマの狙撃能力を考慮――。

ふと顔を上げると、氷蜜がチェシャ猫のように笑っていた。

「さて、イエロウ。キミってやつは、どうやってボクを攻略してくれるんだい？」

「うん。氷蜜。みんなで作戦会議をしたいから、ちょっと席を外してくれる？」

「わかったとも。——向こう岸でビーチ・バレーでもして、体を温めていようか、エマ」

「かしこまりました。お嬢様」

光巣結晶《ハニカム・フラクタル》を足場に、エマと氷蜜が、連れ立って向こう岸に去って行く。

「それじゃあ——小平次、銀色、ペチカ、いいかな？」

銀色は黙って頷き、ペチカがわふ、と吠えた。

小平次が少し遠くから、小さくおーよ、と返事をした。

「ちょっと小平次、作戦会議をしたいんだから、もっとぼくに近づいて」

小平次の様子が、なんだか変だった。

「どうしたの？　小平次？」

「いやな、おまえの水着姿は、なんだかどきどきするんだよ！」

ぼくの水着用特甲服は、背中を大きく開けた、白色のシングル・ワンピース。

腰元のフリルの水色スカートだって、ばっちり決まっている。

「ぼくの水着姿、どこかおかしいかな？　肩も動かしやすいし、フリルのスカートも特甲服にシナジーが生まれるし、自分では、結構似合っていると思うんだ」

「その水着の危険地帯《デンジャー・ゾーン》を、俺の視界に近づけるんじゃない」

銀色が、さもおかしそうに笑った。

「これはイエローが、可愛すぎるのが悪い」

「あぁ。伊右衛郎は、犯罪的な可愛さだと誇っていいぞ。艶のある黒髪に、黄色の稲妻がエキセントリックな斑髪《メッシュ・ヘアー》。アンニュイな感じがする、濡れた黒瞳。小さくてキュートな体軀に、大きめの骨董趣味《アンティーク》なオートバイ・ゴーグルがよく似合っている。伊右衛郎はまるで、プールに舞い降りた、危険な水着の天使のようだからな」

「その邪悪な感想が口から出てくるのは、コヘージの邪念が強すぎるからだと思う」

銀色が真顔だった。

小平次が照れ臭そうに頭を掻いた。

「まぁ、似合ってるは似合ってるってこった。悪かったな、伊右衛郎」

「小平次は悪くないよ。ぼくって常識が足りてないみたいだからさ」

「そんなことないよ。イエローは、全然変じゃない」

銀色がぼくのことを庇った。

銀色には、ぼくが失踪していた約十年間――アサヒナ・ファミリーの一員だったことを、包み隠さずに話してある。

なんだか答えに困ったから、ぼくは曖昧な表情を浮かべる。

「それで、それでさ。さっきの試合のログとコメントを確認して思ったのだけど、銀色って、もしかして銃の狙いをつけるのが、あんまり上手くない？」

さっきの試合は、校内を限なく飛行するマルハナバチの複眼《カメラ・アイ》によって、校内で配信されている。主な発言者は春休みで暇を持て余している先輩たちなのだろうけど、中には教職員だと思われる、専門的で客観的なコメントがあったりした。

「うん。水鉄砲とはいえ、銃みたいな遠距離武器は、ちょっと苦手かも」

「射撃系の奥義書は入れてないの？」

「射撃に限らず、奥義書全般は入れてない。頭に体がついてかないし、アンインストールした時に、槍に違和感が残るのが、嫌いだから」

ぼくは体質のせいか、まったく問題ないのだけれど、合わない奥義書をインストールすると、肉体にアレルギーに似た症状を発症する人もいるらしい。

奥義書が使えないのなら、銀色の基本性能を底上げする必要がある。

「多分銀色は、両目で狙いを定める槍と、片目で狙うウォーターガンの違いのせいで、距離感が掴めていないいんだと思う。だから、銀色はウォーターガンを撃つ時、片目を瞑《つぶ》るように意識して。それで集弾率が上昇すると思うから」

銀色は、片目を閉じて右腕を伸ばし、距離感を確かめる。

「なるほど。やってみる」

「へぇ。そっちには、まともなコメントが多いんだな」

「小平次には、さっきの試合、どんなコメントがついたの？」

「あぁ。ひでぇもんだぜ」

小平次が紙飛行機を投げるようなモーション――小平次へのコメントが、ぼくの有機電脳《ハーモナイザー》に転送される。

『¥160　位置取り悪いよ、何やってんの！』『¥500　小平次ィィィ』『¥101　そこガバ』『¥420　捨てゲーすんな』『¥1000　あのチビまだ諦めてねぇだろ』『¥300　小平次ィィィィ』『¥2000　キャラ差ありすぎ。テストプレイしてから小平次を実装して？』『¥400　やりませんねぇ』『¥5000　ホントはやれんだろその上腕の二頭筋みればやれんのはわかってんだよ』『¥600　小平次仕事しろ』――。

――全部が全部、投げ銭《スーパー・チャット》付きのコメントだった。

「どうしてこの人たちは、お金を払ってまで小平次に文句を言うの……？」

「いや、外野が俺のプレイにいちいち五月蠅《うるせ》ぇから、百円未満のコメントは非表示設定にしてたら、自然とこうなっちまった」

反応に困った。

「……小平次はきっと、小銭から愛される宿命《ライフパス》を背負っているのかもね」

「嫌われるのも才能だし、卒業したらコヘージには企業スポンサー、つくと思うよ。元気出して」

話が大きくズレた気がする。

「えっと、それでね？　小平次は空中に足場を固定するのがいまいちだから、ペチカと組んで、ぼくと銀色を援護して欲しい。――ぼくはさっきの試合、ちょっと喋らなすぎだった。家族と組んでた頃は、何も言わなくても、ぼくの意図が伝わったから。ゲームに対する集中力も欠けていて、銀色にワリを食わせちゃった。でも次の試合、ぼくはもっと的確に、状況をコントロール出来ると思う」

　小平次と銀色、そしてペチカが同時に頷いた。

「以上を踏まえて、ぼくから作戦を立案するよ――」


「作戦に自信あり、と言った顔だ」

「一応ね。今度は、勝つよ」

　チェシャ猫のように笑った氷蜜が、右手を高く掲げた。

「舞台を広げよう。今回のゴールは、地上三十九階フロアの〝校庭〟だ。屋上からスタートして、先にゴール・フラッグを獲得したチームが勝者だ。質問はあるかい？」

　ぼくは有機電脳《ハーモナイザー》にインストールした学内マップを展開。予想される最短コースを提示して、素早く全員と共有。

「ないよ。それでいい」

　頷いた氷蜜が右袖を振ると、巨大プールの中央で、噴水が大きく噴き上がった。

　噴き上がった光巣結晶《ハニカム・フラクタル》の巨大な水柱が屋上から学校中に広がり、扇状に広がった水流が滝のように下層に向かって流れ落ちる。

　光巣結晶《ハニカム・フラクタル》の水流は全校に浸透し、瞬く間に羽生芸夢学園を水没させた。

『緊急放送を失礼致します。氷蜜お嬢様が、また皆様にご迷惑をお掛けします。お覚悟を』『わっはっは。この学校は隅から隅までボクのものだ！　楽しんでくれ!!』
電子黒板《ビーズ・ボード》にコメントの嵐――まるで蜂の巣にホースで放水したかのよう。
『羽生芸夢学園放送部です。ここからの配信は放送部の赤星ゆめと』『白星きらりが担当するよー』『学内チャンネル登録を、よろしくお願いしますね』『よろしくねー』『おい、校長がまたなんかやらかしてんぞ！』『基礎実験が水浸しだ！』『春休みですよーう』『相方ァァア無事かァアァ』『相方アァア無事だァアァ』『やべぇキュートな水着の天使が、屋上プールに舞い降りてるぜ』『！』『行こう』『行こうぜ!!』
〝ジャケット・プレイ〟――スプラッシュ・バトルモード。

《GAME START!》

開幕の合図とともに、一気呵成に三人と一匹が敵陣に突っ込む。

前衛がぼくと銀色、後衛が小平次とペチカだ。

「来たまえ、イエロウ！」

予想通り、氷蜜はプールの中央付近で陣取っていた。

不遜とも呼べる、不敵な仁王立ち。

ぼくと銀色は、左右に足場を構築《ストラクチャー》。

扇状に広がる足場を蹴って、仁王立ちする氷蜜をやり過ごす。

「お、おっとっと？」

肩透かしを食らって、慌てて不遜な腕組みを解いた氷蜜に、小平次が走り込む。

「伝家宝刀の銭投げを、ご覧《ろう》じあれ」

小平次は両手を握り込む動作で、銅銭を構築。

銅銭を親指で弾く――氷蜜に向かって銅銭を次々と弾き飛ばす。

氷蜜の右袖が、複雑で精緻に動く――ドッペルゲンガーのように氷蜜が分身。

構築されたもう一人の氷蜜が、銅銭を弾き返しながら小平次の右こめかみに、ウォーターガンを突きつける。

小平次が左に吹っ飛んだ。

ウォーターガンによる水流の威力によってではなく、咄嗟《とっさ》にペチカが構築した光巣結晶の柱によってだ。

さらにペチカは、空中に螺旋を描くように光巣結晶《ハニカム・フラクタル》のトンネルを構築。

小平次は吹き飛びながらジャケットプレイ・モーションで鎖を構築。体勢を立て直しながら、氷蜜が弾いた銅銭中央の穴に鎖を通す。

小平次がサーフィンのように光巣結晶のトンネルを抜けた時には、水面から伸びる銅銭の鎖が、二人の氷蜜の両手足を捕らえていた。

二人の氷蜜が、嬉しそうに笑った。

「「足止めだね。わかるとも！」」

小平次が銅銭を抜き打ちで一閃し、ドッペルゲンガーの氷蜜の額を貫く。

「――別に倒しちまっても、構わないだろ？」

おそらく小平次だけでは、氷蜜を抑えられないだろう。

ペチカが上手く、時間を稼いでくれるのを祈るばかりだ。

これは小平次が頼りないわけではなくて、氷蜜の性能がちょっと無体《チート》すぎるからだけど。

左右に分かれたぼくと銀色は、同時に屋上からダイブ。ウォーター・スライダーを構築して、屋上から滑り落ちる。

警戒しなければならないのは、未だ姿を見せないエマだ。

ゲーム開始からエマは、光巣結晶《ハニカム・フラクタル》で自分の周囲の空間を歪曲させ、姿を光学迷彩《くらませ》ることで、学校のどこかに潜んでいる。

ぼくは様子見に、水弾を空中に一発撃ち込んでみる。

心臓を握り潰すような殺気——狙撃。

ぼくは下腹に気力を籠めて、エマの殺気を跳ね返す。

流星のようなカウンター・ショットに、ぼくの水弾が撃ち落とされる。

ぼくはエマの狙撃位置を逆算、反転して滑る。

『エマを発見。援護射撃！』

『了解、イエロー！』

滑走するぼくに、迎撃の三点射《スリーポイント・バースト》——後方から銀色の援護射撃がそれを阻《はば》む。

ぼくは両手のウォーターガンで、エマが潜伏しているはずの空中に集中射撃。

光巣結晶《ハニカム・フラクタル》で構築された壁が、ぼくの射撃で粉砕される。

予想されたエマからの応射がない——ぼくの射撃勘が危険を察知。

ここに、エマはいない。

『銀色、一時撤退……！』

ぼくの耳元で、光学迷彩を解いたエマの陶器の囁き声——。

「——先日のお返しですよ。アサヒナイエロウ」

首筋に、エマの冷たい手。

反射的にぼくは、有機電脳と中枢神経の連携を封鎖——。

それがエマのブラフだと気がついた時には、手遅れだった。

エマの陶器の両腕が、空中のぼくの腰を後ろから掴む。

衝撃に備えて、ぼくは大きく息を吸い込む。

——バック・ドロップ。

ぼくは頭から学園敷地——三十九階付近まで上昇した水面に叩きつけられる。

派手な水飛沫をあげて、屋上まで水柱が上がる。

「——向こうはエマが、決着をつけたようだね」

氷蜜の言葉に、小平次が身構える。

「まだ伊右衛郎の、作戦通りだよ」

「それではイエロウが描いた盤面を、動かしてみようか」

氷蜜が手首を振って、巻きついた銅銭の鎖を、じゃらりと鳴らした。

静かな動きで、氷蜜が舞った。

その動きに反応して、小平次が銅銭を弾き飛ばす。

氷蜜が天を仰ぐように伸ばした左袖に、銅銭が包まれるようにして、水面に落ちる。

円を描く右袖の動きに追随して、巻きついた鎖が銅銭を弾く。

幾枚もの銅銭が撃ち放たれる中を、氷蜜は可憐に舞い踊る。

銅銭の軌道を、完全に予知しているかのような、氷蜜の神楽舞いだった。

花が咲くように踊る、氷蜜の牡丹模様の浴衣には、弾かれた銅銭が跳ね上げる水飛沫の一つさえもかかっていない。

水面を歩く水精のように舞い踊りながら、氷蜜が小平次の目前に立っていた。

小平次は銅銭を指で弾くのも忘れて、啞然としている。

氷蜜が鮫のように笑い、小平次の顔を覗き込む。

「おやおや。ボクの美しさに、見惚れてしまっていたかな?」

「あぁ? 再確認してただけだっつーの。やっぱりおまえって、見た目だけ最高のクソ女だよな!」

小平次が大慌てで距離を取り、銅銭の弾き撃ちが再開する。

『あのチビ、死んだんじゃね?』『天使が死んだ、死んじまったんだ』『生足魅惑のマーメイドが!』『Don't be absent minded, Yellow……』『校長の責任問題ですよーぅ』『小平次がよくない』『相方ァァァ』『相方ァァア』

小平次が、ぼくの予想以上に粘ってくれていた。

ぼくはといえば、水底に沈みながら、有機電脳をラジオ代わりに、ぼんやりと物思いに沈んでしまっていた。

水深は三十メートルほど。静かで、考え事には丁度よかった。

視覚を拡大してみると、水面から水底のぼくを覗いたエマの表情が、ちょっと心配そうに停止《フリーズ》していた。

もしかしたらぼくは、切羽詰まった命の危険がないと、勝負事に熱くなれない性質なのかもしれなかった。

銀色がエマに発砲。エマが大きく後ろに跳躍。小平次の銅銭が撃ち落とされる水音。屋上から氷蜜が飛翔。空中で追い駆ける小平次とペチカ。水面を走る氷蜜の足音——水上で展開されているウォーター・バトルの戦闘音が、ぼくの水着の特甲服を通して、水中に鈍く響いている。

小平次も、銀色も、ペチカも、みんな、頑張っていた。

勝ちたい。

みんなの頑張りに、報いたい。

負けて命の心配をしなくても、父さんがここにいなくたって、ぼくは、この勝負に勝ちたくなっている。

ぼくのフリルの水色スカートが、水底の地面に触れた。

ぼくは有機電脳《ハーモナイザー》から、銀色に声を掛ける。

『銀色、勝ちに行くよ。援護して』

『もちろん』

ぼくは肺に溜め込んでいた空気を吐き出す。

海月《くらげ》のようにゆらゆらと、空気が水中を昇っていった。

ぼくは水底を蹴って身を翻し、体中をうねらせながら、ドルフィン・キック。

ドルフィン・キックは水中で最もスピードを出せる泳法の一つだけれど、その分体内の酸素を大量に消費する。

有機電脳《ハーモナイザー》が、ぼくの体内の残存酸素量を計測して、四十秒のカウントを網膜表示した。

四十秒の無呼吸水泳《ノーブレススイム》。

ぼくは水中で波のように身体を大きくうねらせて、速度を上げる。

猛烈な推進力で、ぼくは水中を切り裂いて進む。

半ばまで浸水した三十八階の教室に、ぼくは三十八秒で窓から侵入する。

浸水した教室に、教壇、教卓、椅子がぷかぷかと浮いていて、その上で何人かの生徒が水合戦に興じていた。

どういう物理演算で制御しているのか、大量発生したプールの水は、教室や廊下では人間の膝上くらいまでしか、浸水しない仕組みのようだった。

『あ、天使が教室に入って来た』『おはろー天使さん』『ちわー』『ちわわー』『きたぜきたぜ！きたぜきたぜきたぜ！』『ようこそ羽生芸夢学園二年A組へ！』『歓迎の挨拶をしてやれ!!』

机の上で漂流していた眼鏡の女生徒が、ぼくににっこり微笑むと、ウォーターガンを構築して、強烈な水弾をお見舞いする。

水弾に追い駆けられながら、ぼくは教室を脱出。

まるで船出の祝砲のように、背後からカラフルな水弾が発射される。

『天使……』『すっげー美形だった』『水中であの移動速度はヤバない？』『黄色い潜水艦みてぇだ！』『やばやば。やばばばば』『でもあの天使、ついてなかった……？』『お得じゃん!!』

そのまま水没した廊下を疾走、階段を駆け上り、校庭に到着する。

水没したゴールポスト、バスケットゴール、砂場、ジャングルジム、ブランコ、雲梯《うんてい》、花壇──なんとも幻想的な光景だった。

「あっ、ズルいぞイエロウ！」

校庭に侵入したぼくに、氷蜜が気づいた。

小平次の銅銭を避けながら、氷蜜は三十九階の校庭に飛び込む。

ウォーターガンを下方に向けて、威力をチャージ。

氷蜜がチャージした水弾を、立て続けに三連射。

チャージ・ショットの三連発が、校庭の水を切り裂いて、ぼくに到達する。

──焦ったね、氷蜜。

水に濡れると特甲服が機能停止するのは、ゲーム展開において不利になるけど、今のぼくみたいに、全身が水に濡れている場合ではまるで意味がない。

本当にぼくを止めたいのなら、実弾を構築して叩きこめばよかったのにさ。

到達した氷蜜の水弾の威力は、ぼくのフォームを崩しただけで、すぐにバランスを立て直したぼくは、校庭中央に突き立ったゴール・フラッグまで一直線に疾走する。

有機電脳《ハーモナイザー》から、銀色の声。

『ごめんイエロー、エマが校庭に抜けた』

『大丈夫。もう、追いつけやしないよ』

『ダメ、エマが飛び込み台を構築《ストラクチャー》した！』

公園の滑り台を、逆《さかさ》にしたような、氷の飛び込み台だった。

充分以上の助走をつけて、エマが飛んだ。

撓《しな》う飛び込み台を陶器の足で踏み切って、エマは二十メートルの距離を飛び越えた。

エマは空中で一回転すると、頭から水面に飛び込むヘイロー・ジャンプ。

垂直に落下したエマの頭突きが、ぼくの背中に激突。

衝撃を殺そうと、直撃の直前に体を捩《ねじ》って威力を逃がそうと頑張ってみたが、失敗。

殺しきれなかった衝撃で校庭の水底まで叩きつけられたぼくは、肺に残っていた酸素を全て吐き出してしまう。

視界が暗くなる——酸素欠乏によるブラック・アウトの予兆。

ぼくは水中で降参のポーズをエマに示してから、急浮上する。

深呼吸——消毒薬の匂いを、肺いっぱいに吸い込んだ。

「勝負あり、ということでよろしいでしょうか。アサヒナイエロウ」

「――まださ」

水面から顔だけを出したエマに、ぼくはそう答える。

まだ、勝負はついいちゃいないさ。

だって、ぼくたちには、まだ、ペチカがいる。

「お嬢様！」

「わかってる！」

校庭の空中を疾走する、ノーマークのペチカ。

迎撃のため氷蜜がペチカに制圧射撃を試みるが、小平次と銀色に阻まれて、命中には至らない。

勝利BGMのように、電子黒板《ビーズ・ボード》のコメントが吹き荒れる。

『行け、ペチカ』『走れよペチカ』『燃ーえろよ燃えろーよ』『燃えろよペチカ♪』『行け行けゴーゴー走れよペチカ♬』

エマも全身がずぶ濡れだから、狙撃によってゲームには干渉できない。

小平次は足止め役。銀色はフォロー役。ぼくは囮役《おとりやく》。

全員でペチカをノーマークの状況に持ち込むのが、ぼくの作戦だった。

走れ、ペチカ。走れ。

ペチカは走る。全速力で。

ゴール・フラッグに向かって、一直線に。

氷蜜の水弾が、ペチカを追い駆ける。

氷蜜はきっと、最後まで諦めない。

氷蜜はだって、そういうやつだから。

だから走れ、ペチカ。

——走れ。

ペチカが走り、そして跳んだ。

ゴール・フラッグを誇らしげに咥《くわ》えて、ペチカが勝利に吠えた。

氷蜜が悔しげに笑い、両手をあげて降参のポーズ。

やった。勝った。

ぼくたちは大きく両手を上げて、歓喜の声をあげる。

エマが無表情でぼくたちに拍手を送る。

水上からビート板を足場に、氷蜜が右手を差し出した。

「おめでとう。イエロウ。初勝利、だね」

「対人読みが、うまくハマっただけ。氷蜜を囮にして、エマにゴール・フラッグを狙われてたら、普通に負けてたと思うよ」

まるで夢から醒めたみたいに、急速に校庭から水が引いていく。

「フフフ、イエロウにはもう、手加減は要らなそうだね。それじゃあ今度は水着姿で、本気のボクを——」

氷蜜が校庭の天窓から、空を見上げた。

「――嵐が来るね」

珍しく真剣な氷蜜の表情につられて、ぼくも天窓から空を見上げる。

――雨、だった。


「いきなり物凄い雨と雷が降ってくるから、びっくりしたよ」

「全世界的な気候変動によるヒート・アイランド現象、日本型ゲリラ台風《タイフーン》だね。まだ四月の頭とはいえ、夏季は雨雲を伴った積乱雲が、東京では急速に発達しやすい」

羽生芸夢学園《ハニーゲーム・スクール》。学園塔のゲスト用フロア。

ゲストルーム――ぼくと小平次の相部屋だ。

氷蜜は浴衣姿から、いつの間にやら早着替えをしたのか、黒、白、茶色の三毛猫模様の和服に衣装チェンジしていた。

「で、なんだって氷蜜サマは、俺たちのスウィート・ルームにお邪魔してるんだ？　ここは女人禁制、男の園だぞ？」

小平次が氷蜜に、ジト目を向ける。

「どうしてそんなこと言うんだい？　ボクはだって、校長だぞ？　本校の学生を、正しく教え導くという責任がある。倫理的なあやまちなど、起ころうはずもないと断言する。男女という些細な垣根を越えて、互いの胸襟を開いた歓談をしようじゃないか！」

「俺たちはこれから、着替えたり、風呂に入ったり、裸でリビングでくつろいだりするからだよ！　ゆっくりはっきり言わねぇとダメか！」

「くつろぎを求めているのならば個室のバスルームではなく、共同浴場にでも行ってくるといい。本校の湯舟は雄大だぞ。湯煙で向こう岸が見えないほどだ。それに、十秒ごとに山景が変化する〝3D富嶽百景〟の壁画ディスプレイは、一見の価値がある。絶景を約束するとも！」

「ほんとかい、うわぁい！」

小平次が子供のようにはしゃぎ、氷蜜がチェシャ猫みたいに笑っていた。

「イエロウは、どうしたい？」

「んー。ぼくはいいかな。個室の方が、落ち着く」

「おう、それじゃあ俺は、のんびり風呂をいただくとすらぁ」

「ごゆっくりどうぞ。充分に休養に努めてくれたまえ」

バスタオルを小脇に抱えた小平次を見送ると、氷蜜は黒髪から細い針金を引き抜き、ロッド・ダウジングのような真似を始めた。

「氷蜜、何やってるの？」

「いい子だから、天井の染みでも数えておいで」

ぼくは天井を見上げる。

真新しくて、真っ白な天井には、染み一つない。

「一個もないけど」

「うん。終わった」

そう言って氷蜜が開いた掌には、極小サイズの監視カメラや盗聴器が、十個ほど。

「意外と少なかったね」

「自分が監視されていたことに、驚かないんだね、イエロウは」

「うん。小平次はぼくを守るのが仕事だって言ってたから。何かがあった時のために、客間に監視カメラくらいは設置されてると思ってた」

「あれで中々、抜け目のない男だからね」

さて、と氷蜜は腰に左手を当てた。

「わざわざこんなオモチャを探し出したのは、今から誰にも見られたくないし、聞かれたくない話をするからだ」

「うん。そんな気がしてた」

「そこで、イエロウには、ボクとゲームをしてもらう」

そう言って氷蜜が右袖から取り出したのは、有機電脳《ハーモナイザー》と直接接続する全感覚没入《フルダイブ》タイプのゲーム・マシンだった。

「全感覚没入《フルダイブ》タイプのゲーム・マシンは、全世界的に製造、販売、流通、遊戯が禁止されているはずだけど」

「他でもない〝デイドリーム・シリコンバレー事変〟の影響でね。まぁ、ここはゲーミング学園だ。ご禁制のゲームの所蔵数なんて、千や二千じゃあ済まないぞ」

〝デイドリーム・シリコンバレー事変〟――懐かしい単語だった。

あの白昼夢のような大騒動について、ぼくは一言で語る術《すべ》を、持ち合わせていない。

それに、わざわざ氷蜜が全感覚没入《フルダイブ》タイプのゲーム・マシンを持ち出したのは、ぼくの過去に当て付けをしたいわけではなくて、小平次が仕掛けた監視カメラの見逃しを考慮してのことだろう。

「うん。わかったよ、氷蜜」

ぼくはリビングのソファに腰掛けてから、キューブ状のゲーム・マシンと接続。

視界が暗転――風の音。揺れる草の音。柔らかい陽の光。

情報だけで構築された、緑色の草原が、目の前に広がっていた。

ぼくに数秒遅れて、氷蜜が仮想世界にログイン。

「ここは〝ハニュウヒミツ〟が、九歳の時に作成した、ゲーム世界の一端だ」

ぼくはゲーム世界の空気を、大きく深呼吸する。

プログラム構築されたぼくの肺に、新鮮な空気の味と温度が浸透する。

「よくプログラムされた世界だと思うよ。五感にゲームが、直接響くみたい」

「この場所は〝ワイアー・アクト〟――神経硬化症《ハード・ワイヤード》で脳機能が壊れた人々の、最後の拠り所になるために〝彼女〟が製作したゲーム世界だからね」

「――さっきから、自分のこと他人みたいに呼んでいるね、氷蜜」

氷蜜は珍しく、しまったなー、という顔をした。

「何、十歳で大病してから、ボクと〝彼女〟は、別人のようなものなのさ」

「奇跡的に完治したっていう、大脳の致命的な難病？」

「神経硬化症《ハード・ワイヤード》の変異種による、大脳の結晶化現象《クリスタライズ》。病状が進行する度に〝彼女〟の脳は未知の結晶体に変化し、やがて全身の機能を喪失するはずだった。有機電脳《ハーモナイザー》による脳機能の補完は不可能で、類似する症例は存在せず、治癒する見込みもなかった。——ま、完治したけどね。奇跡的に」

本当かな、とぼくは疑わしく思ったけど、ここは氷蜜の言葉に頷いておく。

「ちなみに奇跡的に完治した〝彼女〟が設計開発したのが、特殊甲殻学生服——特甲服《コクーン》というわけさ」

興味深い情報だったけれど、これは氷蜜が話したい本題ではないだろう。

「それで、誰にも見られたくない、聞かれたくない氷蜜の話って何？」

「キミの父親——朝比奈レインボウについてだ」

——ぼくのカミサマの話だった。

「朝比奈レインボウ。生年月日は西暦二〇五二年、九月十五日。四十四歳。有機電脳《ハーモナイザー》の開発者にして、アサヒナ・ファミリーの首魁。——世界の歴史上で、最も人間を生かした聖人とも、最も人間を殺した罪人とも呼ばれている男について、だ」

地震《アースクェイク》、雷《サンダーボルト》、火事《ファイアブレイク》、親父《ファーザーレインボウ》——この人間の形をした四番目の自然災害は、冗談半分で人間の生息域を奪い、残りの本気半分で人間の生命を救う。

朝比奈レインボウという自然災害に対して、国境線はまるで意味を成さないし、人命にいちいち優劣をつけながら進む、自然現象が世界に存在するだろうか？

そして朝比奈レインボウが率いる、ぼくたちアサヒナ・ファミリーは〝ツナミ〟に匹敵する天変地異であり、この台風一家は、面白半分で人類を八つ裂きにする。

アサヒナ・ファミリーが通り過ぎた後の大地には、人々の怨嗟《えんさ》の声が満ち、世界中から悪態を吐《つ》かれながらも、何故か感謝や崇敬の対象となる、レインボウ父さんが存在するだけだった。

「ぼくの父さんが、どうかしたの？」

「ハニュウ・コーポレーションの情報筋によれば、きみの父親が特甲服《コクーン》の技術を狙って、学園への襲撃計画を立てているそうだ」

父さんならやりそうだな、とぼくは思う。

ここ数日使ってみて思い知らされたけど、特甲服《コクーン》は超技術の結晶だ。

この超技術ならば、父さんの興味を引いたっておかしくはない。

レインボウ父さんの台風の目が、面白おかしなことを見逃すこともないだろう。

今まで父さんに目をつけられなかったのは、偶然偶々《ぐうぜんたまたま》、父さんの気まぐれに巻き込まれなかったという事実でしかない。

「それで、氷蜜は、どうしたいの？」

「朝比奈レインボウを、本校の技術顧問に招きたい。もちろん国際警察《インターポール》の銭形くんには内緒でね。特甲服《コクーン》は光——太陽光を物質に変換する。この特性は現在の異常気象の解決策になるかもしれないと、ボクは考えている。もしも、彼の頭脳による協力が仰げれば、例えば地球を特甲服の布地で包んでやるなんて、スケールの壮大な話だって、可能じゃあないか？」

ぼくにとってそれは、意外な答えだった。

「父さんは、絶対に氷蜜に協力しないと思うよ。父さんは、血の繋がった家族以外の何もかもを憎んでいる。それは、父さんの一番近くにいたぼくたちにしかわからない。氷蜜は、なんだってそんな、無茶なことをやろうとするのさ」


「だって――人間は、美しいから」


答えた氷蜜の表情は、力強くもあり、なぜだか羨ましそうでもあった。

どこか偉そうな喋り方。癖の強い引用癖。

誇大妄想の詩人みたいな、夢想家《ロマンチスト》。

ちょっとだけ愚かな――ぼくの〝愛しい人〟。

「ねぇ、氷蜜、きみってやっぱり――」

ベヒシュタイン製のグランド・ピアノ、一海母さんの膝の上、蜂蜜《ハニー・イエロー》色の有機コンピューター――〝Honey 2080〟。

「ボクはまだ、その答え合わせを、したくない気分なんだ」

むぐ、とぼくの唇が、氷蜜の人差し指に塞がれた。

「そっか。じゃあ――氷蜜は、校長先生ってさ、普段は何を仕事にしているの？」

「基本的には、ない。本校生徒として学生活動に勤《いそ》しんでいる」

「ないんだ。じゃあ基本的には、楽な仕事なんだね」

「校長の仕事は楽ではないぞイエロウ。応用的で、実際的な仕事の方が多いんだ」

「具体的には?」

氷蜜はうーん、と唸り、腕を組んだ。

「何かが起こった時に、公《おおやけ》に謝罪するのが校長の仕事ではあるけれど、本校の学生たちは、基本的には優等生揃いだからね。去年一年間、ボクが頭を下げるような事態は起こらなかったさ。――あぁ、そうだ。彼らが卒業した後に、円満にスポンサー契約を行えるよう、ハニュウの役員や、馬喰精機、五菱重工、弁天堂ゲームズ、鍛冶屋連合、芝浦モータース、地球活版といった企業のお歴々と会食をしたり、授業見学会なんかを企画したりはしているかな」

「へぇ、氷蜜って結構、頑張ってたんだ」

「ボクの校長性について、キミは一体、どういう見解だったんだい?」

うーん、とぼくは考え込む。

「自分で自分の銅像とか、建設しそう?」

「ひどいやつだなぁ、キミってやつは!」

氷蜜が大笑いした。

「イエロウにはボクの校長性を、見直してもらう必要がありそうだ。――そういえばイエロウには、まだこの学園の見所を案内していなかったね。ボクと一緒に、どこか行きたいところはあるかい?」

「特に行きたいようなところはなかったけど……」

学園施設の様子は、有機電脳内で学内マップを参照すれば、肉眼以上の精度で把握できるから、わざわざ実物で見物したいものなんて、そうあるわけでもない。

だけど氷蜜の瞳は、何かを期待するように、わくわくと踊っている。

期待を裏切るのもなんだか悪いような気がして、ぼくは有機電脳から学内マップを覗く——次々と脳内でカメラロール。

羽生芸夢学園——クラス教室、職員室、学生食堂、購買部、放送室、視聴覚教室、図書室、部室棟、シミュレーション室、家庭科室、理科実験室、技術工作室、電気工作室、美術室——第一から第四まである音楽室。

四つの音楽室はそれぞれに音楽・音声・録音・配信・各種スタジオ・コンサートホール・機材置き場・音楽準備室・楽器倉庫が完備されていた。

第四音楽室——ベヒシュタイン製のアップライト・ピアノが三台／グランド・ピアノが二台／十九世紀に製造された木製のヴィンテージ・オルガンが一台。

「音楽室に行きたい」

氷蜜がニヤリと、気障《きざ》な猫みたいに笑った。

「音楽室デートだね。わかるとも！」

路面電車の中で、丸い輪っかの吊り革が揺れている。

ゴトン、ゴトンと、車輪が線路を転がる音。

「ここから第四音楽室までは、かなり遠いからね。学園トラムを使おう」

蜂の巣に巻きついた蔦《つた》のように、学園を網羅する路面電車の線路。学園塔に張り巡らされた架空路線の上を、レトロな色調の路面電車が走る。

坂道をゆっくりと登る、路面電車のトルクが心地よかった。

「老朽化した九〇〇一型の都電をレストアしたものだ。馬力もさることながら、最高時速だって、新幹線並みに出せる」

「その割りには、ゆっくり走っているような気がするけど」

学園トラムの時速は、現在二十五キロメートルほど。

のんびりとした速度で、有機都市の夜景が流れている。

「安全運転だよ、安全運転。緊急時以外では、そんな危ない速度なんか出さないさ」

「遠回りしているのは？」

「これは貸切の特別運転車両だ。春休み中とはいえ、通常のダイヤを乱すことは、他の生徒たちに迷惑がかかるからね」

氷蜜って、本当に隠し事が下手だ。

でも、別に急ぐ必要もないと思うし、この学園トラムの運行速度は、ぼくにとっても悪くないスピードだ。

「学園トラムは観光目的にも使われているけれど、本校生徒ならば、いつでも無料で利用できるよ。

通学や、授業移動の時なんかに便利だね。本校生徒たちからは〝廊下電車〟の愛称で親しまれている。——イエロウが、第四音楽室での見学《デート・コース》を決めたのは、やっぱりヴィンテージ物のオルガンかな？」

ぼくに物欲みたいなものがあるとは、自分でも驚きだったけれど、氷蜜の言う通り、ぼくのお目当ては、ベヒシュタイン製のヴィンテージ・オルガンだった。

「ベヒシュタインのピアノは、触ったことなかったから」

「フランツ・リストも愛奏したというベヒシュタイン。一夜の演奏で四台のピアノを破壊した、かの音楽家を満足させた逸品ならば、相当——頑丈な代物なのだろうね」

「打楽器みたいに叩いても、弦が飛ばないくらいにはね」

「ピアニストはピアノを、まるで自分の恋人のように弾くと聞く。——イエロウは激しいタイプかな？」

ベヒシュタイン製の鍵盤楽器は、頑丈さがウリみたいに巷《ちまた》では言われているけれど、実は弾き心地だって、かなりのものだ。

「鍵盤の撥《は》ね返りが、心地いいんだ。指先から音が、吸い込まれるみたいで」

「——聴いてみたいな、イエロウの演奏」

「もう何年も弾いてないから、あんまり上手じゃないと思うよ」

「イエロウの演奏だってことが、ボクにとっては大事なのさ」

ピアノを演奏するのは、ぼくの心を見せるようなものだ。

アサヒナ・ファミリーの一員だった、荒れ果てた数年間を氷蜜に曝《さら》け出すような気がして、ぼくは少し気恥ずかしくなる。

開くことよりも、握り締めることが得意になった、ぼくの両手。

この空っぽの両手で、ぼくは美しい音楽ではなく、世界中で阿鼻叫喚を生み出してきた。

アサヒナ・ファミリーの〝黄色雀蜂《イエロー・ジャケット》〟――アサヒナ・イエロウ。

なんだか気まずくなって、ぼくは窓の外に視線を逸らす。

学園トラムは第二呉服橋――空中歩道橋に差し掛かるところだった。

地上の水門で加圧、浄水された外堀川が、有機都市の空を流れている。

有機都市の河川は、空を縦横無尽に駆け上がる。

「まるで水の龍が、夜空に還っていくみたいだ」

心地よいスピードで揺れる車内で、氷蜜が座席から立ち上がった。

氷蜜の所作に追随して、窓外の外堀川が水柱を噴き上げる。

「東京は川を埋め立てることで発展してきた。最初は徳川家康による、慶長の天下普請《ぶしん》によって。その次は大正の大震災。それから昭和の東京大空襲で、膨大に排出された都市の瓦礫《がれき》を関東の運河に埋め立てることによって、東京都民は、その居住域と生活圏を広げていった」

噴き上がった河水は、空中でいくつもの雨粒に変化。

レトロな路面電車の天井を、軽快な雨音が叩く。

「東京の治世は、水を支配することと同義だったと言ってもいいね。河川と海が埋め立てられ、人工的に土地を造成、売却することで二十世紀の東京は高度成長した。その代わりに東京は、豊潤な水圏生態圏と、かつて東京中を縦横無尽に走っていた運河水路を失った」

氷蜜は車内のスタンション・ポールを右手で摑むと、仰向けに仰け反《のぞ》ってみせる。

ふざけた表情で、満面の笑み――〝雨に唄えば〟のジーン・ケリーも顔負けだ。

「そして、西暦二〇七〇年に神経硬化症が全人類を襲った。この未曾有の感染症自体は、朝比奈レインボウの手による、有機電脳の開発と普及によって克服された。それだけじゃない。キミの父親が興《おこ》した技術革命は、世界中に伝播し、発展し、革新し、世界的な人口大爆発を招いた。理不尽に減少した人口を、人類が取り戻そうとする反動でもあったんだろうね。しかし、いくら感染症で死亡した人類が圧倒的に多くても、次世代に生まれてくる子供たちの遊び舎《まなや》――日本においては特に、東京都の土地が足りなくなるのは、明々白々というものだった」

土地が足りなくなる、というのは氷蜜の言い過ぎなんじゃないかな、と思ったけど、ぼくは当時生まれてもいなかったから、口を挟まないことにする。

車内でくるくると体を回転させながら、三毛猫模様の袖を翻して説明する氷蜜は、まるで都電の中に迷い込んだ野良猫みたいだった。

「当時の日本政府はこの政治的大問題を、最新型の人工知性に丸投げすることにした。一宮一海を筆頭としたドリーム・チームが開発した、人類の叡智《えいち》の粋を結集したスーパーＡＩに解答を求めたんだ。誰かが投げた無責任は、誰かが拾って背負わなければならない。

〝誰も選ばなかった可能性から、在り得ざる未来を創造する〟

そういう無理難題を与えられた、スーパークールでブレイクスルーな超人工知性は、東京の空を人工物で埋め立て、大空に水の軌跡を引いて、東京都民の新天地を、空へと求めることを提案した。水が低きに流れるだなんて、いったい誰が決めたんだい？

〝科学と緑の街・東京〟――有機都市計画が強引なスタートを切り、ボクたちは机上の空論で、砂上の楼閣を築き上げることに成功したんだ」

嗚呼、川の流れのように、と氷蜜は古い古い流行歌を口ずさむ。

ぼくは引用文《クォート》で、氷蜜を混ぜっ返してみる。

「〝智恵子は東京に空がないといふ〟」

「〝ほんとの空がないといふ〟」

「〝ほんとの大切なことは、この目にみえない何かなんだ〟」

「〝ボクがいまみているものは、単なる入れ物にすぎない〟」

氷蜜は両手をあげて、勢いよくぼくの隣の座席に座り込む。

隣り合ったぼくたちは、秘密の遊び場を共有した猫のように顔を見合わせて、あどけなく微笑んだ。

「キミの母親が設計したスーパーAIと、キミの父親が開発した人間と人工物を接続する有機電脳技術が、この有機都市を産み出したんだ。――言ってみればこの都市は、きみの家族みたいなものなんだぜ」

そんなことを言われたら、急にこの街に愛着みたいなものが湧いてしまう。

ハロー、トーキョー。きみに会えて、とてもうれしい。

きみは、そうでもないかもしれないけれど。

「車窓を開けると、夜風が涼しいだろう？　この有機都市の河川は、巨大建築群を貫通し、隅々まで行き渡っている。水冷式コンピューターのように、都市気温の冷却に一役買っているというわけだ」

「そのわりには、昼間の東京は、カリフォルニアの砂漠みたいに熱かったけど」

「人類たちが千年かけて壊した自然環境を、二十年かそこいらで戻せるもんかい」

氷蜜が腕を組んでそっぽを向いた。

まるで手のかかる子供を、遠くから心配する母親みたいに。

「さっきからまるで、この都市の神様か、産みの親みたいな言い草だね」

「あー。……それはね、それは二世代前のボクというか……、アップデート前のヴァージョン違いというか……。そう、前世、今のは全部、ボクの前々前世の話だったんだよ！」

氷蜜《ハニー》ってば、本当に嘘が下手なやつだった。

ぼくは彼女のことが、懐かしいほど愛おしくなる。

「ありがとうね。〝愛しい人《ハニー》〟。ぼくたちを見守ってくれて」

「――きみたちこそ、愛しいままでいてくれて、ありがとう」

学園トラムは地上六百メートルで、学園塔を一望するように周回する。

氷蜜がさっと左袖を振ると、学園塔のミラー・ガラスの透過率が変化する。

校庭では陸上部の部員たちが、特甲体育服を着て、走り幅跳びに挑戦している。

人影まばらな職員室で、オーガノイドの教員が、来年度の時間割を作成している。

学園都市の『2‐A』組——クラス教室で雑談に興じていた先輩たちが、こちらに向かって両手を振った。

メリーゴーラウンドの速度で、春休みの学園風景が巡る。

ぼくは流れていく学園の景色を、有機電脳内に保存《ストレージ》していく。

ぼくは想像する。

登校する生徒たち／ホームルームの準備をする教師／遅刻ぎりぎりを走る生徒／心配そうな顔の女生徒／鳴り響くチャイム／選挙カーの壇上で・演説するみたいに・廊下を走る生徒に向かって・校長的スマイルで・手を振る氷蜜。

ぼくが想像した学園の日常を、立体的で色覚的な音響で再現するための音標識《サウンドマーク》。

ドの音は赤色・レの色は黄色・ミの色は緑色・ファの音は橙色。

ソの音は青色・ラの音は紫色・シの音は銀色・♯《シャープ》の音は黒色。

音標識《サウンドマーク》した学園音景《サウンドスケープ》を、有機電脳内で再生——登校するぼく／ホームルームの準備をするエマ／遅刻ぎりぎりを走る小平次／心配そうな顔の銀色／選挙カーの壇上で・演説するみたいに・廊下を走る小平次に向かって・校長的スマイルで・手を振る氷蜜＝赤《ド》＋黄《レ》＋黒《♯》／黄《レ》＋青《ソ》＋黒《♯》＋銀《シ》／橙《ファ》＋黒《♯》＋銀《シ》＋赤《ド》／黒《♯》＋銀《シ》＋銀《シ》／橙《ファ》＋黒《♯》・黒《♯》＋黒《♯》＋銀《シ》・緑《ミ》＋橙《ファ》＋青《ソ》・赤《ド》＋黄《レ》＋黒《♯》・青《ソ》＋緑《ミ》＋黄《レ》＋黒《♯》。

ぼくは羽生芸夢学園の景色を、耳で視覚する。

モノクロ映画をカラー化するように、学園風景に音と色を付け足していく。

「なんだか嬉しそうだね、イエロウ」

「そうかな？」

「ボクには、嬉しそうにみえる。――学校というものは行事が始まらないと、死んだように静かなものだからさ。少なくともボクは、そういう風に感じる。キミはそうではないみたいだけれど」

「ぼくが見ている景色はね、時々音符みたいに、踊り出すことがあるんだ」

嬉しい時／悲しい時／楽しい時／寂しい時／驚いた時――まるで時間だけが止まって、音だけが走り始めるように感覚することがある。

音楽にはゴーストが宿る。

入れ物ではない、本物の何かが宿っている。

ぼくは電脳内で響く学園音楽《スクール・ロック》に合わせて靴を叩く《タップ》・体を大きく前後に揺らす《ジャイブ》。

揺れているぼくの隣――氷蜜が左袖から、銀色の糸みたいなものを取り出す。

――西暦二〇九七年には珍しい、有線ワイアだった。

氷蜜は自分の首筋と、ぼくのコネクタを一．五メートルの有線ワイアで繋ぐ。

「ワイアレスというのは便利だけど、味気ないからね」

有機接続《ハーモナイズ》――ワイアで繋いだ氷蜜の有機電脳から、バップなメロディが流れる。

〝A列車で行こう〟のイントロ――。

グレン・ミラー――〝チャタヌーガ・チュー・チュー〟

——引用から始まる、ファンキー・ナンバー。
仔猫が踊るワルツのように、曲調に氷蜜のアレンジが入っている。
《気持ちが入った演奏だ》
《錯覚だよ》
氷蜜は、どこか寂しげに笑った。
ぼくは座席から立ち上がる。
左足を引いて、バレエ・ダンサーのようにトゥ・ポイント。
氷蜜に右手を差し出して、恭《うやうや》しくお辞儀をする。
「御一曲、いかかですか？」
「もちろん——よろこんで」
学園トラムの車窓から、月光がさっと差し込んだ。
ぼくと氷蜜は、両の掌を胸の前で合わせ、四分の四拍子《フォックス・トロット》でステップ。
月影が踊る月光のステージを、ぼくと氷蜜は手を繋いで進む。

〃赤帽さん、耳を曲げて聴いておくれよ
二十九番線、特急券はあるかい？〃
チャタヌーガ・チュー・チューのメロディ——スロー・クイック・クイック／スロー・クイック

・クイック／レフトレッグ・フォー・ライトサイド／スロー・スロー・クイック／スロー・スロー・クイック／ライトヒール・フォー・レフトサイド。
バップなメロディが導くステップに合わせて、ぼくたちは月灯りに踊る。

ぼくは左足を前に、右足を横に。氷蜜は右足を後ろに、左足を横に。

氷蜜の川の流れのような体捌《たいさば》きに、ぼくの体が引き込まれる。

氷蜜と繋いだ有機電脳に導かれるままに、ぼくは足を運ぶ——まるで湖面の上を、水の精霊とダンスしているかのよう。

〝ペンシルバニア・ステーション・四時発《クォーター・トゥ・フォー》車
午前七時にゃ、キャロライナでハム＆エッグを！〟

氷蜜の右足が／素早くクイック・ステップ／テンポを上げる氷蜜の靴音／曲調が激しいものにステップ・アップ。

水の渦のように氷蜜が左回転・ぼくは氷蜜を追い駆けて右回転——銀色のワイアが円弧を描く／渦巻のように廻る／波紋のように広がる。

氷蜜は悪戯好きの妖精のように／エスケープ・ステップ。

逃げる氷蜜を捕まえて左にクィックターン／右にクイックターン——拍子を揃えて二人一緒にダブルターンを決める。

〝汽笛が鳴るよ、　ポッポー！　ポッポー！
汽笛が鳴るよ、　ポッポー！　ポッポー！〟

クイック・クイック・スロー／ライトレッグ・フォー・レフトサイド／スロー・クイック・クイック／レフトヒール・フォー・ライトサイド——時速を上げる汽車のように・メロディの速度が・急加速。

〝チャタヌーガ・チュー・チュー　ぼくらの故郷《ホーム》
チャタヌーガ・チュー・チュー　ぼくらの故郷《ホーム》〟

信号喇叭《ビューグル》が鳴り響く——加速したサウンドは汽笛のグルーヴを残したまま、ブギー・ポップにメロディ・チェンジ。

アンドリュー・シスターズ——　〝ブギウギ・ビューグル・ボーイ〟。

氷蜜がぼくの手を離れて一回転——三人の氷蜜に分身・トランペットの氷蜜／バイオリンの氷蜜／ベースギターの氷蜜——水兵《セーラー》服姿の三人の氷蜜が揃って・ぼくに向かって・可愛らしく略式敬礼する。

〝彼はシカゴ在住、ブギウギ金管少年
ブギー・スタイルのトランペットマン
彼はビバップ・カンパニーのブギウギ金管少年〟

答礼したぼくの右腕を／トランペットの氷蜜が摑む・踏切棒のように引き降ろす。

バイオリンの氷蜜が／ベースギターの氷蜜が・それぞれにぼくの右手／左手を摑んで独楽《こま》のようにぼくを回転させる。

氷蜜の意思に導かれるように、ぼくは銀の尾を引いて旋回する――銀線の先に氷蜜の意識《ゴースト》を感じる。

〝彼がブギウギ喇叭《らっぱ》を演奏する時
彼は『bzzzzz』――野生の蜂の羽音でした〟

有機ワイアで結線した氷蜜によって・感度を増感された特甲服が・まるで拳法の秘奥義――〝聴勁《ちょうけい》〟のように、氷蜜の思考／意図／感情をぼくに伝達する。

ウキウキしたぼくは、ブギウギのリズムで、形意八卦拳の套路《トーロ》を踏む。

掌／指先・顔／鼻先・踵／爪先――ぼくは全身で一匹の雀蜂を表象する。

〝トゥート・トゥート・トゥート・トゥート
ディドゥルヤダ・アトゥート・アトゥート〟

トランペットの氷蜜が／バイオリンの氷蜜が／ベースギターの氷蜜が・感電したように震える——十二枚の翼を震わせた三匹の蜜蜂のように。

三人の氷蜜もまた、小さな蜜蜂を形意する。

ぼくと三人の氷蜜はお尻を突き合わせて、小刻みに震える——まるで一匹のスズメバチが、三匹のミツバチに取り囲まれるように。

〝彼は金管で八の字ダンスを披露する
彼はビバップ・カンパニーのブギウギ金管少年〟

ぼくの電脳内部に流れてくるリズムは、何故かタンゴに変調している。

チャ・チャの身のこなしに、ワルツの足運び。

夜が月に溶けていくみたいな、ジグザグなヴギ。

まるでジグザグなヴギウギに合わせるようにして、ぼくたちは夜の月に向かって飛行する蜂たちのように情熱的に踊り続ける。

——ぼくは氷蜜の音楽に、色彩を足す。

有機接続《ハーモナイズ》した肉体と特甲服《ゴクーン》が表象する、不思議な表現力とも呼べるもので、ぼくたちが踊る学園トラムの内部空間を、仮想空間へと塗り替えていく。

スロー・クイック・クイック／スロー・クイック・クイック／スロー・クイック・クイック／レフトレッグ・フォー・ライトサイド／スロー・スロー・クイック／スロー・スロー・クイック／スロー・スロー・クイック／ライトヒール・フォー・レフトサイド＝赤＋緑＋青／赤＋緑＋青／赤＋緑＋青／黄＋橙＋黒＋銀／黄＋黒＋銀＋赤／黒＋銀＋赤／黒＋黒＋銀＋銀／赤＋赤＋緑＋橙＋赤。

氷蜜のダブルターンに合わせて絵筆のように右手を走らせる＝黄＋黒／黄＋黒／黄＋黒／黄＋黒／黄＋黒。

ワイア＆ワイアの煌めきの中で、ぼくたちは踊る。

スズメバチのように・ミツバチのように・黄色と黒色の縞模様になって。

ワイアとワイアが繋いだ・ぼくたちの距離を・ぼくは一巻きで巻き取る――くるくると水精のように回転する氷蜜の顔が・ぼくの鼻先で静止。

回転するぼくと氷蜜のゴーストが・一．五メートルのワイアの距離よりも遠くに／近くに急接近／急回転する。


ぼくたちは公転運動する、小惑星の軌道です。

ぼくたちは音の波に乗る。

波乗りのように。船乗りのように。風乗りのように。

ぼくたちは加速していく。

風よりも速く。音よりも速く。波よりも速く。

言葉のいらなくなった場所で、ぼくは意識を更に加速する。

全身でお互いを知覚する。

温度を。形状を。色層を。音階を。――互いが放つ引力を感覚する。ぼくはその力を全力で摑む。

ぼくは振り子のように回転しながら速度を上昇させていく。

ぼくたちは双子の小惑星のように、銀色の引力で回転する。

衛星のように。惑星のように。銀河系のように。

遠心力で爆発的に加速した意識が、肉体を脱ぎ捨てていく。

ぼくは目じゃないところで色をみる。

ぼくは耳じゃないところで音をきく。

ぼくは指じゃないところでかたちに触れる。

――魂の軌道速度。

この速度じゃないと、到底、この一瞬の色と音とは、捕まえられない。

《――キミが視ている景色は、色鮮やかで、とてもスピーディだ》

スピードが足りない。もっとスピードが欲しい。

氷蜜とのダンスは、まるで宇宙を旅行しているように刺激的だった。

ぼくたちは加速する。互いの知覚を超えて。お互いの深奥まで。

言葉を超えた、地平面のその先へ。

ぼくたちの表面が、粘性を帯びて跳ねた。

太陽フレアのように。飛び魚のように。水飛沫のように。

——オーガズムのように。

肉体の躍動が導いた絶頂が訪れる寸前に、ぼくの有機電脳に着信《インバウンド》。

有機電脳の内部で響いていた音楽が、弦が切れたように途切れ、内的宇宙のダンスの時間が終わる。

氷蜜が、何故か寂しげに微笑む。

こんな素敵な時間に、いったい誰だろう、とぼくは訝《いぶか》しむ。

『たすけて。イエロー』

——銀色からの、緊急通信《エマージェンシー》だった。

夜河銀色——わたしは、ぼんやりと校内を歩いている。

日中のウォーター・バトルの余熱に、身体が冷めきらなくて、武道館でペチカに訓練を手伝ってもらっていたのだ。

今日のウォーターバトルは、楽しかった。

イエローと遊ぶのは、本当に久しぶりだったけど、イエローは昔どおり、わたしよりもずっとゲームが上手だった。

イエローのお母さんが開いていた、ピアノ教室。

日曜日の午後。一緒に歌った、北原白秋の童謡。

ほんとうの姉弟のように過ごした日々――。

どうしてか、あの人間を小馬鹿にしたような蜂蜜色《ハニー・イエロー》のAIのことが脳裏をよぎったが、忘れていたほうがいい思い出もあると、わたしは一人で頷いた。

わたしは、イエローがいなかった十年間を、取り戻したいと思う。

わたしの卒業まで、あと二年だ。

――短すぎる。

もっとイエローと、思い出をつくりたい。

もしも思い出が物足りなかったら、校長のように留年して、もう一年、イエローと一緒に三年生を楽しんでもいいかもしれない。

「ワンッ」

ペチカの鳴き声に、わたしは顔を上げる。

月明りの廊下。

学園塔の天井は、特甲服《コクーン》の性能を落とさないために明り取りの天窓が幾何学的に配置されているから、儚《はかな》げな月光でも、広い廊下を隅々まで照らし出している。

廊下の角から、七色に染めたドレッド・ヘアーの男性。

男の右手には、頭から血を流した男子生徒——あまり話したことはなかったけれど、わたしと同じ学年の生徒。

男の遮光ゴーグルが月光を反射して、蜷色《にないろ》の輝きを放った。

人間の形をした第四災害《フォースハザード》、走ってくる大惨事《カタストロフ》、台無しの天才《アマデウス》、這い廻る阿鼻叫喚《メイルシュトローム》、人類史上最悪の怪物親《モンスター・ペアレント》——数々の忌み名で呼ばれる、イエローのお父さん。

「朝比奈レインボウ⁉」

「ヒョウ、ついてる」

朝比奈レインボウは口笛を吹くと、右手の男子生徒をわたしに向かって放り投げた。

咄嗟に光巣結晶《ハニカム・フラクタル》でネットを構築。男子生徒を受け止める。

朝比奈レインボウは、口元に酷薄な笑みを浮かべた。

「〝はずれ〟のガキはいらない。おまえが〝あたり〟のガキだな?」

こいつが何を言っているか、わからない。

わからないが、こいつは、危険だ。

「ペチカ、この人を、校長のところへ」

わたしは負傷した男子生徒を、ペチカの背に乗せる。

ペチカはまっすぐにわたしを見て、それから後方に走り去った。

「暖炉《ペチカ》？　もしかして、ハクシュウ・キタハラか？」

答える義務はない。

わたしは光巣結晶《ハニカム・フラクタル》で、銀槍を構築《ストラクチャー》。

「音楽のセンスがいいやつは、人生のセンスがいい。——やっぱり、俺《パパ》はついてるな。おまえが〝あたり〟だった。聞いてた話と違って〝はずれ〟が多くてさ、途方に暮れていたんだ」

特甲服《コクーン》のテスト・プレイヤーは、全校生徒の三十％。

この男は、特甲服《コクーン》を簒奪《さんだつ》するためだけに、一般生徒まで襲撃していたということだろうか？

わたしが状況を思案していると、朝比奈レインボウの元に、血塗《ちまみ》れの特甲服を抱き締めた、青い髪の幼い少女が駆け寄った。

襲撃者に増援——最悪。

「パパ、アズールが一番に〝あたり〟を引いたよ、ほめて」

「ハハハッ、アズールはなんて悪い子だ。なんて悪い子なんだ。——素敵だよ、アズール」

場違いな印象——ピアノ・コンクールで、一等賞の賞状を抱えて父親に駆け寄る少女。

「パパ、あの女は、何？」

青髪の少女がこちらに、ねめつけるような視線を向けた——嫌な目。

「俺《パパ》の獲物さ。横取りはご法度《はっと》だよ、アズール」

廊下に満ちる、暴力の気配。

——来る。

眼前に、稲妻のようなストレート・パンチ。

わたしは銀槍を縦に構え、朝比奈レインボウの直拳を弾《はじ》く。

「今ので昇天《ノック・ダウン》しておけよ。これからどんどん地獄になるんだからさ」

「苦しいから。痛いから。危険だから。——そんなことが、わたしがあなたに、押し退けられる理由には、ならない!」

青髪の子が、動いた。

「パパ、アズールが、手伝おうか? こいつ、かなり出来るよ」

「——女を準備するには、手間が要るのさ。そこでお利口さんにしてな、アズール」

朝比奈レインボウは、左手を腰に当てて、右拳を縦に構えた。

縦拳《リード・パンチ》。

朝比奈レインボウは拳一つ分空いた距離から、両の足で踏み込んだ全身の全体重を、右拳の一点に移動させることによって、わたしの顔面に強烈な打撃の威力を叩き込んだ。

この打撃の威力を勁力《けいりょく》と呼び——。

——この拳撃を即ち、寸勁《ワンインチ・パンチ》という。

「夢見心地にしてやるよ」

鉤爪のような左のサイド・フックが、脇腹を襲った。

攻撃、防御、回避——わたしの行動はどれも間に合わない。

右のショート・アッパーが顎に直撃する。朝比奈レインボウの左に振れた体から、槍のような下拳がわたしの水月《みぞおち》に炸裂する——銀槍のガードを潜り抜けて、面白いくらいに朝比奈レインボウの拳が命中する。

朝比奈レインボウは、高度に洗練された拳の術理を応用している。西洋の拳闘の術理ではない。中国大陸で発祥した、中国拳法の術理を用いている。

相手の肉体に、素手の拳を用いてダメージを及ぼすための有効な射程は、意外な程に遠い。それは至近距離で行われる戦闘行為においては、致命的に感じられる程に遠い。

打撃の破壊力を相手に伝えるためには、軸足の踏み込み、腰回りの繊細で柔軟なバランス感覚、そして充分な腕の振りかぶり——戻りの動きが必要とされる。

しかし、朝比奈レインボウには腕を戻すための、振りかぶりの動作が見当たらない。

これでは効果的な拳の打撃点——スウィート・スポットに命中させるために必要とされる拳の有効距離——スウィート・ディスタンスに届かず、打撃による最も大きな破壊力は発生しないはず。

それを可能としているのは、拳闘のフットワークとはまるで違う、套路《トーロ》と呼び表される、拳法使い独特の歩法だ。

達人と呼ばれる拳法家は、その風変わりな歩法の中で、己の肉体に力の道——套路《トーロ》を拓き、大地を踏み締めた足から発生する反発した力を、体内の経絡に通すことで勁力に変換し、強力な打撃を瞬発的に打ち出している。

在り得ざる距離から発生する、巨大な拳の打撃力——。

わたしと朝比奈レインボウ、彼我《ひが》の最短距離《スウィート・ディスタンス》を拳が駆け抜けて、わたしの肉体に与えるダメージの最高打点《スウィート・スポット》を次々に打ち抜いていく。

拳法《スウィート・マジック》の醍醐味——殴られることによって脳内から分泌される興奮物質が、わたしを殴打の痛苦ではなく、甘く痺れるような、偽りの幸福感へと導いていく。

「こいつが俺《パパ》の、子守唄ってやつだ。こうやって子供を寝かしつけるのさ。こうやって子供を黙らせるのさ。こうやって子供を静かにさせるのさ。——こうやって、子供を気持ちよくするのさ。子供が抵抗しようって気持ちを、根こそぎ削ぎ落としてやるのさ」

『たすけて。イエロー』

わたしは有機電脳から、イエローに緊急通信。

わたしの武芸者としての勘が、朝比奈レインボウとの実力と実戦経験の差が、歴然と存在していることを告げていた。

悔しいけど、わたしでは、こいつに勝てない。

戦法を、助けが来るまでの時間稼ぎに変更する。

わたしは初撃の寸勁《すんけい》によって、鼻から出血した血液を拭う。

「わたしは抵抗する。あなたの思い通りになんか、絶対にならない！」

「ハハハ、叩くと鳴るおもちゃみたいだな。どうやら子守歌では、お気に召さなかったようだ。じゃあ、こんな歌はどうだい？」

Rain candy shower mother,

I'm so glad you're doing it.
Pitch Pitch Chap Chap,
Lang Lan Lang.

北原白秋――〝あめふり〟
天使のようなボーイ・ソプラノが、夜の廊下に響く。
北原白秋の〝あめふり〟を、朝比奈レインボウは英語で歌った。
悪魔的美声――技術的には、カウンター・テナーと呼ばれる、男性が高音で歌うための歌唱法だが、技術以上に引き込まれる悪魔的な何かで、朝比奈レインボウは、歌った。

Hang on, put your bag on your bag,
Later after ring a bell.
Pitch Pitch Chap Chap,
Lang Lan Lang.

腹が立つ程の美声に、思わず聞き入ってしまう。
なんだか思い出が汚されたような気がして、頭にきた。
銀槍をまっすぐに構え、わたしは朝比奈レインボウに突撃する。

するり、と銀槍が、突撃の威力ごと朝比奈レインボウの左の脇に搦め捕られる。

「武芸家ってのはいい。特に、女の武芸家は。実戦と訓練は全然違うだろ？　焦りが。苛立ちが。疲労が。感情が。期待が。油断が。気分が。——武芸によって守られ、鍛え上げられたはずの女の肉体を、丸裸にする」

芝刈り機のような鋭い足払いで、わたしの体が宙に浮く。

強力な打撃。

「護身の術理を引き剝がせば、残るのは打たれ弱い、女の体さ」

嵐のような殴打が、わたしを襲う。

「あ・め・あ・め／ふ・れ・ふ・れ／か・あ・さ・ん・が！　蛇の目で！　お迎え！　うれしいな！　ピッ／チ・ピッ／チ・チャッ／プ・チャッ／プ・ラン・ラン・ラン！」

歌詞のセンテンス毎に、拳による強打が飛ぶ。

かけましょ、かばんを、かあさんの——あとから、ゆこゆこ、かねがなる。

「あ・ら・あ・ら／あ・の・こ・は／ず・ぶ・ぬ・れ・だ！　やなぎの！　根方で！　泣いている！　ピッ／チ・ピッ／チ・チャッ／プ・チャッ／プ・ラン・ラン・ラン！」

かあさん、ぼくのを、かしましょか——きみきみ、このかさ、さしたまえ。

「ぼ・く・な・ら／い・い・ん・だ／か・あ・さ・ん・の！　おおきな！　蛇の目に！　入ってく！　ピッ／チ・ピッ／チ・チャッ／プ・チャッ／プ・ラン・ラン・ラン！」

信じ難いことに、わたしの体は殴打のリズムに合わせて、朝比奈レインボウが殴りやすいように、好き勝手に動かされている。

まるで無理矢理に童謡を、輪唱させられているように。

——あぁ、そうか。

この人は、暴力と拳で——音楽を奏でている。

「教科書通りじゃあ、俺《パパ》のことは殺せないぞ」

歌が途切れる。

殴打の雨で霞む目を凝らし、わたしは朝比奈レインボウの息継ぎの瞬間を狙って左足を一歩退き、右手を槍頭付近まで滑らせてから刃先を切り上げ、槍撃を至近で暴れさせる。

苦し紛れの暴れ槍に、後ろ斜めに踵立ちする朝比奈レインボウ——顎先から槍先まで、直尺で測ったように正確な三センチメートル——一寸《ワン・インチ》の距離を保って。

「素直な運足《ステップ》だな。愚直に過ぎる。——千歩先まで、俺《パパ》にはお見通しさ」

爪先だけの力で、体を前方に跳ね上げた朝比奈レインボウの凶猛な頭突きが、わたしの頭蓋を軋《きし》ませる。

意識が遠ざかる。

わたしが覚えていたのは、その言葉までだ。

「この学園の自衛システムを、過信していたね」

「申し訳ございません、お嬢様。全校のマルハナバチ全ての無機電脳が、外部からのハッキングにより無力化、アサヒナ・ファミリーからの襲撃を許しました」

氷蜜とエマのせいじゃない。

父さんは行こうと思えば、何処《どこ》にだって行けるから。

「――そんなことより、銀色の容体は？」

銀色からの緊急通信を共有した後、氷蜜が夜空の中に光巣結晶《ハニカム・フラクタル》で構築した、即席の線路で急行した学園トラム（氷蜜が言っていた通りに、夜空の中で、時速三百キロ以上は出ていた。びっくりした）に乗って、ぼくと氷蜜が駆け付けた時には、銀色は黒銀の特甲服を引き剝がされて、ひどい姿で廊下に転がされていた。

「意識不明の重体だ。打撲による全身骨折に、頭蓋骨陥没。いくつかの臓器にもダメージがある。

――ボクの主治医が治療に臨み、銀色くんは一命は取り留めている」

「意識が回復する見込みは？」

「――わからない。最善を尽くした」

ぼくの胸に、やり場のない、もやもやした黒霧のような感情が、詰まっていた。

「――お嬢様。本校生徒の被害状況を確認させて頂きます。死亡者はなし。制服を破られたり、軽傷を負った生徒が二十七名。重傷者は一名。特甲服《コクーン》を奪われた生徒は、夜河銀色を含めて七名。個人的な所見ですが、〝アサヒナ・ファミリー〟の襲撃だったと考えれば、奇跡的な人的被害の少なさです」

「特甲服の奪取が目的であって、人間を殺したり、傷つけたりすることが目的ではない襲撃だったからだろう。その辺りはかなり割り切った人間像だよ、朝比奈レインボウという男は」

「プレゼントじゃなくて、プレゼントの包み紙《ラッピング》が欲しかったのさ」

ぼくの声音と言い回しが、〝アサヒナ・ファミリー〟だった頃に戻っていた。

エマがちらりと、ぼくに視線を向ける。

ぼくはなんとなく、気恥ずかしい気持ちに包まれる。

「本校生徒から、お嬢様に宛てたメッセージが大量に着信しております。確認しますか？」

「うん。頼むよ」

「アサヒナイエロウにも、お嬢様に宛てられたメッセージを確認して頂きたいのですが、よろしいでしょうか」

「ぼくも、大丈夫」

エマがぼくと氷蜜の有機電脳《ハーモナイザー》に、メッセージを転送する。

『状況を説明してくれ、校長！』『相方が昨日からいなくなっちまったんだ。安否だけでも、聞きたい』『誰が警備を担当しているのだね』『アサヒナ・ファミリーが来たって、マジ？』『夜河が死んだって、本当ですか？』『校長の引責問題だよ、責任責任責任責任責任』『詫び茶マダー？』

『怖いよー』

蜂の巣《ビーハイブ》を荒らされた蜜蜂たちのように、電子黒板《ビーズ・ボード》のコメントが、不安の感情で荒れていた。

氷蜜は即断した。

「皆に謝罪しよう。今、この場所で。エマ、全校配信の準備を」

「かしこまりました。お嬢様」

「禊《みそぎ》の準備も必要になる。神道において禊とは、罪や穢《けが》れを落とし、己を清らかにする水浴を意味する。ボクは清らかな流水で灌《そそ》がれることで、この身の潔白を皆に証明しなければならない。――これはボクの素肌を、露《あらわ》にしなければならないね」

真剣な表情の氷蜜の言葉に、エマの陶器製の頬が青ざめる。

「――まさか。お嬢様」

「すまない、エマ。着替えをしてくる。――一人で出来るから、エマとイエロウは、ここで待っていてくれ」

厳《おごそ》かな表情の氷蜜が、校長室の奥にある別室に消える。

氷蜜が残した、緊張感のようなものが、校長室に漂う。

「ねぇ、氷蜜は、何をしようとしているの？　危ないこと？」

「お静かに。アサヒナイエロウ。これは神聖なる儀式。余計なことを言って、お嬢様の気を散じさせてはなりません」

数分後に戻ってきた氷蜜は――あられもない水着姿だった。

まるで素肌を隠す気がない、下着と見間違うような、純白のマイクロ・ビキニ。

純白の水着は、氷蜜の真白な肌と一体化して、ほとんど裸のようにも見える。

「禊祓式謝罪特化型特甲服――〝詫び水着〟。見事な着熟《きこな》しです。お嬢様」

平坦な抑揚のエマの称賛／陶器の声の奥に奇妙な熱――エマのテンションが、おかしくなっていた。

「謝罪配信の時にこれを着ると、いつだって全身が引き締まるね」

エマの様子がおかしければ、氷蜜の言動だっておかしかった。

「ごめんなさいをする時に、水着を着用するのは、幼稚園卒のぼくにだって、おかしなことだってことくらい、わかるよ？」

「我が校の伝統です」

「我が校の伝統だね」

声を揃えるエマ／氷蜜——去年度に出来たばっかりの新設校が、よく言うよ。

「それじゃあ、始めようか」

水着姿の氷蜜が、学内ローカル・ネットに有機電脳を有機接続《ハーモナイズ》。

咳払いを一つ。

『諸君《ビーズ》！　傾聴してくれ。本校校長の羽生氷蜜だ。今回の事件について、皆に説明したい。今すぐに視聴できない者は、有機電脳にログを残しておくから、後で必ず確認してくれ』

氷蜜の言葉に、全校生徒が電子黒板《ビーズ・ボード》に一斉集合する。

『待ってたぜ、校長！』『水着の校長じゃん』『Secret! How can I ask questions after the explanation?』『これマジなやつだ……』『説明責任を果たしてくれ』『詫び茶、詫び茶』『ここ、安全なんですか？』『今年アサヒナ・ファミリーの息子が入学するって、事実か？』『とにかく校長先生の話を聞きなさいよー』

氷蜜は深呼吸を一つした後に、深く頭を下げた。

『本当にすまない、みんな。今回の不始末は、事件を未然に防げなかった、ボクの不甲斐なさが招いたことだ』

氷蜜はもう一度、頭を下げた後、静かに三歩、後ずさりした。

氷蜜が校長室の床に跪《ひざまず》き、指先を揃えた両手を膝に置く。

正座した背筋を伸ばし、真っすぐな視線を前に向ける。

目を奪われるほどに、美しい所作だった。

氷蜜の洗練された動作に伴って、光巣結晶《ハニカム・フラクタル》で生成された水流が、細く氷蜜の肉体に絡みつき、滴り落ちて、その裸みたいな水着姿を濡らしていく。

水垢離《みずごり》——日本の礼儀作法に詳しくないぼくにだって、この一連の氷蜜の所作が、余人に侵されざる、静謐《せいひつ》で神聖な儀式だってことがわかった。

全身をしとどに濡らした氷蜜は、一呼吸を置いて、言葉を続ける。

『昨晩本校は、世界的犯罪結社、アサヒナ・ファミリーによる襲撃を受けた。彼らの狙いは、本校備品の特甲服《コクーン》だ。特甲服の奪取を目的とした犯行だったから、幸いなことに死亡者はいない。負傷者は二十七名。重傷者は一名だ。安否の確認は、把握次第、こちらから連絡する。以後の学園塔の警備には万全を期すが、もしも特甲服を着ることに抵抗があるのなら、一時的に返却してくれ。安全に管理保管する。そして、ボクから願わくはもう一度——』

氷蜜は揃えた指先に力を籠めた。

頭を床に打ち付けるように、深々と額《ひたい》を下げた。

氷蜜の目の前にもしガラスがあったら、粉々に割れたんじゃないかと思うくらいの、尋常ではない気迫が籠もっていた。

胸を突き刺すような、氷蜜の土下座だった。

エマが小さく、悲嘆の呟きを漏らした。

「なんてこと。あれはお嬢様必殺の、〝水着土下座〟……‼ かつてお嬢様が校長に就任した際、向精神性の高級チョコレートによる役員への収賄疑惑を、本校理事会でなかったことにしたこの水着土下座は、当校では座礼の最敬礼に相当します……！」

重ねて言うけど、エマのテンションがおかしい。

エマの無機電脳の感情回路では、深刻なエラーでも発生したのか、それとも焼き切れてしまったのかもしれない。

土下座する氷蜜は、頭を下げたままだ。

頭を下げたまま、有機電脳から言葉を全校生徒に向かって発信する。

『もう一度、ボクと、ボクたちの学園を信じて欲しい。二度と、こんな不始末は、起こさない。二度と、きみたちを不安や、危険に晒さない。もう二度と、この学園の安全が脅かされることはないと、約束する』

悲壮感さえ漂う氷蜜の土下座姿——隣のエマが、胸を掻き毟《むし》った。

「なんて、なんて、おいたわしい姿。あのように儚く健気《けなげ》なお嬢様に、頭を下げさせし全てが私の敵です。――アサヒナイエロウも、お嬢様と一緒に土下座するべきですね。貴方にも責任の一端が存在します！」

「別に――いいけど」

氷蜜に向かって歩き出そうとしたぼくの腕を、エマは凄い力で摑んだ。

「バカですかアサヒナイエロウ。お嬢様がたった一人で土下座なさるのが――美しいんじゃないですか」

エマの思考の速度と跳躍に、ぼくはまるでついていけていない。

額を床につけたままの氷蜜は、電子黒板《ビーズ・ボード》の反応を待つように、黙り込んだままだ。

エマは今ので本当に感情回路が焼き切れてしまったのか、無表情で不気味な沈黙を続けている。

有機電脳《ハーモナイザー》にメッセージ――。

『信じるぜ、校長』『やっぱ一留してる校長は、違うな』『それでも詫び茶マダー¥』『校長は悪くぬぇーー！』『一生ついていくぜ』『今度、徹ゲーに付き合えよ』『相方ァァアア』『don't care,My Friend』『それで、伊右衛郎君とは、どんな関係？』『怖くないよ、校長』

――ぼくの先輩たちの掌には、掌返しのドリル回転機能でもついてるんじゃあないだろうか。

「……氷蜜は謝ったことない、って言ってたけどなー」

「そんなわけないでしょう。あのトラブル体質のお嬢様と、その愉快なクラスメイトたちが、頭を下げずに学生生活を過ごせるはずがない。羽生氷蜜の人生は、謝罪と共にあったと言ってもいい……！」

「言ってること、さっきからめちゃくちゃだよ、エマ」

重ね重ね言うけど、エマのテンションは、ずっとおかしい。

氷蜜が頭を上げ、ほぅ、と息を吐いた。

「皆、ありがとう。後でまた、一人一人と話が出来る機会を設けるよ。それじゃ」

氷蜜が学内ローカル・ネットとの接続を切断。

冷静さを取り戻したように見えるエマが（本当にそうなのかは、ぼくにはわからない。有機人形は、笑いたいときに笑い、泣きたいときに泣くことができるから）、優しくねぎらうように、氷蜜の体をバスタオルで包んだ。

「氷蜜お嬢様。――名演説でした」

「校長として、当然の責務さ。有機電脳《ハーモナイザー》が普及した社会では、怒りや悲しみの記憶は、個人の中で永久に保存される。忘れられる、ということは決してない。謝罪とは、主観的な記憶と客観的な事実を、まず切り離すための儀式《セレモニー》だ。彼らの怒りや悲しみを鎮め、それから事実を説明し、納得をしてもらう。

許しも請わずに、相手だけに冷静さを求めるのは、もっての外《ほか》の悪手だね。いざという時に嘘を吐《つ》いたり、安っぽいプライドが邪魔をして、自分の頭一つ下げられないなら、この有機都市で校長なんて、責任ある立場なんかやっていられないさ」

ぼくは素直に感心する。

「氷蜜は、凄いんだ」

「過去のきみのやらかしで、随分鍛えられたからね」

思わず言葉と、胸に詰まった。

氷蜜は、過去にぼくが仕出かしたことを、代わりに謝っていてくれたんだ。

「ごめん。氷蜜」

「いいさ。悪いことをしたら、謝る――キミが得た、二つ目の遊《まな》びさ。入学前からキミがこんなに優秀で、ボクはとても嬉しいとも」

「本当にごめん」

「だから、いいってば。去年の彼らだって、中々大変な連中だったんだから。――入学式前のこの時期は、生徒の家庭の不和や、経済的な問題が噴出する時期でもある。中学生ではない、そして高校生でもない生徒たちに向き合い、不安定な時間に対処することこそが、校長であるボクの、今の役目だ」

氷蜜は照れ臭そうに笑った。

「ボクは皆の怒りや、悲しみや嘆きの言葉全てが、愛おしいんだ。ボクはまだ、期待されているし、望まれてここにいる。――それに彼らは、ボクの同級生でもあるんだぜ」

ぼくの知らない、氷蜜の物語。

彼らとの物語を、いつか聞いてみたい、と思った。

「エマ、次はハニュウの役員に報告と、それから保護者、教職員、警察、報道各位に事実説明するから、報告と会見用の文章を考えてくれるかい？」

「承《うけたまわ》りました。お嬢様。私の能力の限りを尽くして、名文章を作成しましょう」

「そんなに張り切ってくれなくても、大丈夫だよ、エマ」

エマと氷蜜の間に、親密な空気が流れる。

なんとなく居心地が悪い。

会話の流れを切りあげるように、ぼくは氷蜜とエマから背を向ける。

ぼくの背中に、氷蜜の声。

「おっと、イエロウ、どこに行くんだい？」

ぼくはなんとなく寂しくなった気持ちを隠すために、氷蜜に微笑む。

「ここでぼくが、やれることは何もなかったよ。だから、銀色のお見舞いに」


学園塔七十二階、銀色の医務室。

ガラスの板に仕切られて、銀色が眠っていた。

ぼくの傍らには、金色のペチカ。

暖かなペチカを抱き寄せて、ぼくは祈る。

銀色が目を覚ましますように――。

ぼくのお腹が、ぐぅ、と鳴った。

ペチカが、おいおいしっかりしろよ、という感じで笑った。

普通の犬だって笑うことはあるし、ペチカは割りと渋い感じで笑う犬だった。

そういえば昨夜から、何も食べていなかったな。

こんな時でも、お腹は空《す》くんだ――。

ぼくは思いつきを試してみることにする。

光巣結晶《ハニカム・フラクタル》で、ホットドッグを構築《ストラクチャー》。

〝ベガー・ハット〟のレッド・ベガー――ベガー・ドッグの三倍辛いやつ。

光巣結晶《ハニカム・フラクタル》がぼくの指先でゆっくりと軌跡を描くと、カリフォルニアでぼくが主食にしていた、熱々のホットドッグが構築される。

薄暗い病室で、湯気を立てるホットドッグにかぶりつく。

「うげ」

味がしなかった。

食感もなんだかザラザラしているし、たぶん、栄養もない。

食品サンプルみたいなもので、ホットドッグなのは、見かけだけだ。

たぶん光巣結晶《ハニカム・フラクタル》は、中身がある構築を得意としない。

ペチカがぼくのホットドッグを、羨ましそうに見つめていた。

「ごめんね。ぼくが作ったこれは、食べられないみたいなんだ」

ぼくは光巣結晶《ハニカム・フラクタル》製のホットドッグを光巣解体《ディスインテグレート》――蜂蜜色の破砕光が病室の宙に舞う。

ペチカがしょんぼりとうなだれた。

ぼくはその金色の背を撫でる――病室の外に、違和感。

遅れてペチカが、病室の扉を振り向いた。

「ハロー、伊右衛郎《イエロー》。——俺《パパ》がお迎えに来たぜ」


七色に染めたドレッド・ヘアー。蜷色に輝く、遮光ゴーグル。

孔雀のように派手なテーラード・ジャケット——おそらくは改造された特甲服《コクーン》。

朝比奈レインボウ——ぼくの父さん。

「どうやって、ここに?」

「俺《パパ》が行こうと思えば、どこにだって行けるさ。知ってるだろ?」

「——そうだったね。質問を変えるよ。何故、ここに?」

「さっき言ったろ。おまえを迎えに来たのさ」

嘘だな、とぼくは直観する。

だって、父さんは、利用価値のないぼくを、家族だとは絶対に認めない。

——ぼくが男を見せるまで、父さんはぼくに価値を認めない。

「前にも似たような話があったね」

「ホウ?」

「前にも似たような話が、あったんだ。ぼくの神《パパ》に曰く——〝汝の舌が悪事を働いた時には、その舌を切って落としなさい。何故なら全身が地獄に落ちるよりは、マシだからです〟ってね。——もし父さんが、ぼくに嘘を吐いているのなら、ぼくは父さんの頭を、コナゴナに吹き飛ばさなきゃならなくなる。だって父さんが地獄に落ちるのは、ぼくだって嫌だからね」

　父さんは軽く頷くと、ぼくの肩を頼もしげに叩いた。

「それでこそ、俺《パパ》の息子さ」

「どうも、父さん」

「おまえを担ごうとしたのは、悪かった。おまえを迎えに来たってのは、真っ赤な嘘だ。俺《パパ》にとって今のおまえは、どちらでもいい息子だよ。今日の俺《パパ》たちの目的は羽生氷蜜の殺害だ。明日どうなるかは、成金連中の態度次第だな。昨日の学生服奪取の成功を聞きつけて、もう金を払うって馬鹿がわんさかと現れた。総額なんと、一千万ドルだ。ガキみてぇなおつかいで、一千万ドルのお小遣いだ。笑えてくるだろ？」

「それで父さんは、銀色を人質か何かに、利用しようとした」

「俺《パパ》のことをよくわかってるじゃないか。監視カメラの前で生徒の手足の二、三本も引き千切ってやれば、羽生氷蜜だって、姿くらい見せるだろ？」

「やらせない」

「ア、なんだって？」

「銀色のことを人質になんかさせないし、氷蜜のことも殺させないって、言ったんだ」

「――伊右衛郎《イエロー》。こんな時、お父さんがどう行動するか、おまえはよくわかっているだろう？」

　父さんは病室のガラスに拳を押し当てると、寸勁で割り砕いた。

「こいつはおまえの女だったか？　それとも羽生氷蜜か？　おまえが女に骨抜きにされるのを見るのは、俺《パパ》は心苦しいぜ」

父さんが割れたガラスを踏みしめながらベッドに近づいて、銀色の首を摑んだ。

「銀色は、ぼくのものじゃない」

ぼくは父さんに、首を振った。

「だけど――だけど、小平次はね、あれで中々、抜け目がないんだ」

銀色の体が、発条《ばね》仕掛けの人形のように跳ねた。

迷いなく父さんが、銀色の顔面に左の二指を突き込む――ぎりぎりで躱した銀色の頰が裂ける。

裂けたシリコン製の頰の下から、小平次の素顔が覗く。

銀色＝銀色に化けた小平次が、笑った。

「ここで会ったが百年目ってやつだぜ、朝比奈レインボウ！」

「女に化けるたァ、趣味の悪ィやつだぜ、銭形ァ」

「――それに、ここは氷蜜の学園だよ、父さん。同じ手を二度、氷蜜が通すことは、かなり有り得ない」

けたたましい音を立てて、病室の壁が崩れ落ちる。

警備用オーガノイド――二宮金次郎像による、壁抜きの一斉射撃。

壁があった向こう側、前傾姿勢でアサルトライフルを構えた二宮金次郎像の後ろから、氷蜜がゆっくりと歩み寄る。

氷蜜は悠然と立ち止まり、挑戦的に燃える両瞳で、レインボウ父さんを一瞥する。

不遜とも呼べる、氷蜜の不敵な仁王立ち。

「さぁ、決着をつけようじゃないか。モンスター・お父さん！」

CONTINUE 3：Yellow Jacket AI Scream

「こんなチャチな罠で、俺《パパ》を捕まえた気でいるのか？」

父さんは小平次から右手を放し、狂える怪物のように咆哮した。

「こぉおおおぉおおおおおおおんなああああぁああああああわああぁああああああああああああああでぇえええええええぇえええええぱああああぁああぁああああぱあああああぁぁあああああをおおおおおおおおお‼」

父さんは獣のように跳躍し、氷蜜の目の前に着地。

二宮金次郎像が構えるアサルトライフルの銃身を握り、自分の右こめかみに突きつけた。

遮光ゴーグルの奥から、氷蜜を睨みつける。

「やってみろ。やってみるといい。地獄の蓋が開くぞ‼」

氷蜜は、不遜な腕組みを解かなかった。

「もちろん思ってなどいないよ、朝比奈レインボウ。ここで君を殺したりなんかしたら、この学園は復讐の恰好の標的だ。君の家族と、全世界に三千万人以上存在すると推測される、君の信奉者たちが黙っちゃいない」

　父さんは握った銃身を、ガタガタと揺らしてみせた。

「――つまらねぇ。ガッツを見せてくれよ」

「安い挑発には乗らないよ。ボクは君を、自分の死後のチャートを作成するタイプだとお見受けしている。ここで息の根を止めても、君の意思は止まらない。かといって、君たちは大人しく捕まりはしないし、ボクたちも簡単に逃がしはしない。既に学園内の三箇所で、君を援護にやってきた君の家族たちと、警備オーガノイドとの交戦が始まっている」

「その通り。俺《パパ》たちは誰にも服《まつろ》わぬ外ッ神《アウトサイダーズ》だからな。誰にも俺《パパ》たちを捕まえられない。誰にも、俺《パパ》たちは、従わない」

「お互いに決め手に欠け、膠着《こうちゃく》状態だ。故にボクから君に、それを打破するためのゲームを、一つ提案したい」

「ゲームだと？」

「あぁ、ゲームさ。君たち〝アサヒナ・ファミリー〟が、本校に在学するための入学試験を兼ねたゲームさ」

「入学試験ンンン？」

「君たちアサヒナ・ファミリーの誰かが、イエロウを取り戻すために、本校をいずれ襲撃することは、容易に予想出来たからね。その誰かを本校に引き込むために、ボクはとっておきのゲームを、用意しておいたのさ」

レインボウ父さんは突きつけられた銃口に、ゴッゴッと頭突きを始める。暴発防止のためか、二宮金次郎像はアサルトライフルの銃身を逸らした。

「くだらねぇ、くだらねぇぞ羽生氷蜜。あんまりくだらなすぎて、さっさと自分で引き金を引いちまいそうだ」

氷蜜が、凶悪な鮫のように笑った。

「やってみろ朝比奈レインボウ。地獄の釜の蓋を開けて、底まで見せてみろ。ハニュウ・コーポレーションとアサヒナ・ファミリーによる全面戦争の幕開けだ。世界中を貴様らの血で染め上げ、何十年かかろうが、貴様らの血を根絶やしにしてやるぞ」

氷蜜の言葉は、たぶん虚勢《ブラフ》だ。

だけど、氷蜜の虚勢《ブラフ》には、こいつならやりかねない、という凄みがあった。

「ここはボクの学園だ。何人《なんぴと》たりとも、ボクの校則《ルール》に従ってもらう」

父さんはしばらく氷蜜を凄い目で睨んでいたが、やがて視線を逸らした。

「入学試験《ゲーム》の賞品《プライズ》は？」

氷蜜は、にっこりと笑った。

「もちろんこの学園で、三年間を遊ぶ《まなぶ》権利だが、それだけでは君たちは満足しないだろう。故にボクの全てを進呈する。ボクの命、能力、地位、財産、技術、権利――ボクのあらゆるものを、君に差し出すと約束しよう。ハニュウ・コーポレーションを牛耳るもよし、ボクの首を切断するもよし、頭をバラして情報を吸い出すもよし、体を慰みものにするのもよし、孕《はら》ませて君の新しい家族のための苗床にするもよし、だ」

「俺《パパ》の賭け金《ベット》は？」

「この学園の不可侵。アサヒナ・ファミリーとその信奉者たちは、未来永劫、この学園の安全を脅かしてはならないと、約束してもらうよ」

父さんが嘲笑《あざわら》う番だった。

「口約束になるな。それはおまえの口先だけかもしれないし、俺《パパ》たちが約束を守るとも限らない」

氷蜜が父さんに、軽く拍手を送った。

「――素晴らしい。君はゲームの本質を突いたね、朝比奈レインボウ。あらゆるゲームのルールは、必ず破られるものだ。しかし、ルールが守られなかった場合、ゲームは破綻する。だから人類は、ゲームを成立させるために、様々な手段を用いてきた。

お互いに人質や担保を用意する。ルールを監視する証人や審判を立てる。ルールを守った者にはボーナスを与え、ルールを破った者にはペナルティを与えるという、単純明快な信賞必罰《しんしょうひつばつ》によってね。

だがしかし、ボクと君の間には、そのような水臭いものは用意したくはない。

ボクはハニュウ・コーポレーションのＣＥＯであり、君はアサヒナ・ファミリーの家長だ。君とボクはお互いに、ゲームのルールを破った場合に、相手に充分なペナルティを与える能力があると、そう思うよ」

父さんが肩を竦《すく》めた。

「どうせ俺《パパ》が勝つゲームだ。それでいいさ」

「フフ、ことゲームにおいて、ボクは必ずルールを守るよ」

「どうだかな。――それで、勝敗を決める入学試験《ゲーム》ってのは、一体何をやるつもりなんだ？」

氷蜜はとびきりの面白い遊びを思いついたぞ、という顔で人差し指を立てた。

「ケイドロだ」

「……ケイドロだって？」

氷蜜は、チェシャの猫のように笑う。

「警察と泥棒《コップス・アンド・ロバーズ》。ご存じないかい？　日本ではドロケイやギャンポリとも呼ばれ、警察と泥棒――

――追う側と逃げる側の、二つの組に分かれて遊ぶ、昔ながらの子供の鬼ごっこのことさ」

「いや、ご存じではあるが？」

完全に氷蜜のペースだ。

父さんが他人に会話のペースを握られるのは、初めてのことだな、とぼくは思う。

あらためて氷蜜の会話術には、驚かされる。

会話の中でさりげなく、褒めたり、驚いたり、脅しつけたり、虚勢を張ることで、あの父さんをその気にさせた上で、自分のペースに巻き込んでいる。

「君が博識で、とても助かるよ、朝比奈レインボウ。とはいえケイドロとは言っても、特甲服《コクーン》を用いた電装化体験型遊戯《ドレスアップ・ゲーム》――〝ジャケット・プレイ〟による入学試験だ。改めて君に、特甲服《コクーン》と〝ジャケット・プレイ〟の説明は必要かな？」

「いらねぇ。特甲服《コクーン》の性能は、昨日のうちに解析済みだ」

「有機電脳《ハーモナイザー》を開発した頭脳は、健在というわけだね。〝ジャケット・プレイ〟のケイドロは、四人《フォー・》対四人《ヴィ・フォー》に分かれて行う。こちらから出場するのは、ボク、イエロウ、銭形くん、ペチカの四名だ。そちらからは、誰が出る？」

「──俺《パパ》、アズール、ベルートー、玫瑰紫《メイグェイズ》の四人だ」

「了承した。ケイドロの舞台は、この学園塔の地上三十九階のワンフロア──〝校庭〟を使って行う。〝校庭〟にはサッカーゴール、バスケットゴール、ジャングルジム、砂場、ブランコ、といったオブジェクトが存在し、警察側は〝校庭〟に配置されたオブジェクトから一つ、『牢屋』を指定する。この指定された『牢屋』の中では、特甲服の機能が完全停止する」

氷蜜は一呼吸置いてから、ケイドロのルール説明を続ける。

「警察側は『牢屋』の中で六十秒を数え、それから逃げた泥棒側を捕縛する。方法は、警察側の特甲服で構築した光巣結晶《ハニカム・フラクタル》による攻撃が、泥棒側の特甲服に五回ヒットすることで、捕縛扱いとなり、泥棒側の特甲服の機能が十分間停止する」

「あぁ、その十分間で、警察は泥棒を『牢屋』に入れるってことね」

「そうだ。捕まった泥棒の特甲服は『牢屋』の中では機能停止しているが、泥棒側は捕まった泥棒に、『牢屋』の外から接触することで脱獄させることができる。制限時間は一時間。警察側は制限時間内に、泥棒側を全員『牢屋』に入れれば勝利。泥棒側は制限時間内に一人でも『牢屋』から出ていれば勝利。泥棒側も警察側も、光巣結晶《ハニカム・フラクタル》以外を用いた攻撃や、特甲服以外に攻撃することを禁止する。ここまで何か質問は？」

「警察側が、有利すぎるのが気に食わねぇ」

「君の指摘通り、通常のケイドロは、警察一人に対して、泥棒四人で行われるからね。そこで、泥棒側はゲーム開始直後から、ゲーム開始四十五分までの間に、一度だけ『牢屋』を校庭オブジェクトから自由に指定――〝ブレイク・プリズン〟を宣言することができる」

「流石《さすが》にゲーム終了一秒前に『牢屋』を指定するのは、無理か」

「流石にね？」

父さんが、ふふ、と微笑んだ。

「警察か泥棒は、どうやって決めるんだ？　俺《パパ》たちが泥棒《ブレイク》でいいか？」

「公正にジャンケンで決めよう。勝った方が泥棒、負けた方が警察だ」

「いいぜ」

「じゃーんけん！」

父さんはぐー、氷蜜はぱーだった。

「警察だ」

「ボクたちが、泥棒だ。ゲーム開始時刻は、今から一時間半後、正午ぴったりからでよろしいかな？」

「こっちも一度、家族会議を開かなきゃならんし、それでいい。『牢屋』は砂場に指定するさ。視界が広くて迎撃がしやすそうだ」

「やる気だね。いいゲームにしよう！」

氷蜜が父さんに手を差し伸ばし、父さんがその手を振り払った。

「俺《パパ》はおまえの遊び相手じゃない」

父さんは遮光ゴーグルをずらすと、人糞を下水で煮込んだように濁った色の右目で、氷蜜を覗き込んだ。

「恋は沸騰する血液みたいなものなのさ。煮え上がった血流が体中を駆け巡り、肉体を一心に突き動かす」

父さんは悪夢のように濁った右目で、氷蜜を覗き込む。

「――おまえは伊右衛郎《イエロー》のママに似ているな。特に、俺《パパ》に物怖《ものお》じしないところが」

「大いに光栄だ。――ところでお義父さん、息子さんをボクに頂けますか？」

「ハハハ、冗談の叩き方までそっくりだ。――おまえは伊右衛郎《イエロー》の目の前で、全部の穴を犯してやる。俺《パパ》に対する口の利き方から、教えてやるよ」

「処女のままでお待ちしていよう」

「そいつは伊右衛郎《イエロー》にくれてやれよ。俺《パパ》は紳士的だからな。それくらいの時間は待ってやる」

「イエロウは君が思うより、ずっと紳士的だ。そんなこと勝ってから言え、この野蛮人め。本校の入学式では、丸刈りで答辞を述べてもらうからな」

「案外楽しめそうだ。最後までその生意気を忘れないでくれよ」

「――氷蜜にそんなことさせないよ、父さん」

ぼくは父さんから守るように、氷蜜の横に立つ。

氷蜜の肩を、そっと近寄せてから、強く抱き締める。

抱いた氷蜜の肩が、小さく震えていた。

ぼくの全身の血液が、煮え上がるように沸騰している。

朝比奈レインボウ――ぼくの父さんと真正面から睨み合って、平常心でいられるわけがない。

怖かったに、決まってるじゃないか。

「ぼくが父さんに、勝つから」

ぼくが、氷蜜を、守る。

この芝居がかったお調子者で、チェシャの猫のように笑う女の子を。


――それは、ぼくから父さんへの、宣戦布告だった。


「いやあ、イエロウのお父さんの迫力は、凄まじいものだったね。あれはまるで野生のベンガルトラだ。気を抜けば、一息に頭から食い殺される。あれを檻に入れて飼い慣らそうとしている自分自身が、途中から馬鹿馬鹿しくなってしまったよ」

羽生芸夢学園《ハニーゲーム・スクール》。校長室。

父さんの襲撃から、まだ三十分も経っていない。

ペチカはそわそわと金色の毛を逆立てて校長室をうろついているし、小平次は父さんにやられた頰の傷に、消毒薬を塗っている。

エマが陶器の声で、少々興奮気味の氷蜜の言葉に答える。

「気丈でしたよ、氷蜜お嬢様。それに――アサヒナイエロウも、中々の啖呵《たんか》だったかと」

「氷蜜にばっかり、父さんの相手をさせるのは、おかしいかなって」

「アサヒナイエロウの心意気に免じて、少しだけ声が震えていたことは、目を瞑って差し上げましょう」

「うん。ありがと、エマ。正直に言って、父さんのことは、まだ怖いよ」

「羽生の次期当主としては、まだまだの男振りです。アサヒナイエロウ。もっと男を磨かれるのがよろしいでしょう」

「小平次もそうだけど、エマもどうしてぼくと氷蜜を、結婚させようとするの？」

氷蜜がごほんごほんと、咳払いをした。

「それはさておき、ぼくたちの運命を決めるゲーム――〝KEIDORO〟の作戦会議をしようじゃないか」

「氷蜜がゲームの景品になっているけどね」

「氷蜜お嬢様がご自身を賞品扱いしたのは、解せませんが」

ぼくとエマが、同時に氷蜜に答えた。

「いやいや、ボクの命一つで〝アサヒナ・ファミリー〟による一方的な殺戮《さつりく》を、入学試験《ゲーム》という枠組みの中に押し込めたことを、誇りに思おうじゃないか！」

　氷蜜の言うことにも一理はある。

　父さんが他人の遊びに付き合うのは、ぼくにとっては驚天動地の事実だった。

「ケイドロって、泥棒側が逃げて、警察側が追い駆ける、そういうゲームだよね？」

「概《おおむ》ねそういう理解で大丈夫さ。昨年度に本校で行った〝KEIDORO〟の大会では、泥棒側は校庭内のアスレチックを光巣結晶《ハニカム・フラクタル》で要塞化し、警察側がそれを攻略するというのが、ゲーム序盤の定石にはなっていたね」

　うーん、とぼくは唸る。

「父さんは中国拳法が主体。ベルートー兄さんは重火器全般。妹のアズールは暗器使い。玫瑰紫姉《メイグェイズ》さんは爆薬を使う。ゲット・アウェイ・ドライバーのクリムゾン兄さんがいないのは、家族のバックアップのために待機しているのかな？　いずれにせよ――クリムゾン兄さん以外は、あまり追い駆けたり、捕まえたり、警察側で有利になるような戦闘スタイルではないと思う」

「朝比奈レインボウの口ぶりでは、昨晩奪取した特甲服を、既に自分たちで仕立て直《オーダーメイド》しているだろう。戦闘スタイルはさほど変わらないだろうとはいえ、彼らがジャケットプレイ・モーションにどのようなギミックを仕込んで来るのか、実に興味深いね」

「興味深い、では済まないとは思うけどね」

　こういう時の父さんたちの創意功夫《オリジナリティ》は、並大抵のものではない。

　氷蜜が、ぼくの目をまっすぐに見つめる。

「泥棒側の持つアドバンテージは、逃げながら戦える、という点だ。――遠回りをして急げ。近道しながら迎撃しろ。ボクたちの特甲服は、あらゆる逃走行動を、闘争行動へと昇華する」

逃げながら戦う――泥棒側の戦術の軸を思考する。

ぼくは想定される父さんたちの戦闘行動を、有機電脳内でシミュレート。開幕から父さんがいきなりルール違反の激しい猛沖《ダッシュ》。ぼくは右に逃げる。素早く切り返した父さんの禍々《まがまが》しい凶拳が、ぼくの顔面に命中――。

――勝てるイメージがまったく湧いてこないなと、ぼくは氷蜜の、期待にきらきらと輝く両瞳から目を逸らしてから、一息を吐く。

父さんに勝とうだなんて、今まで一度も考えたことがなかったからかもしれない。

「昨日から何も食ってねぇだろ。食えよ、頭が回ってねぇだろ？」

頰の傷の治療を終えた、小平次だった。

小平次から手渡されたのは、銀紙に包まれた熱々のハニー・トーストだった。

「どうしたの、これ？」

「学食からくすねてきた。俺は料理なんか出来ねぇから、軽く塩を振ったトーストに、バターと蜂蜜が塗ってあるだけ」

そういえばずっと何も食べていなかったから、有難く頂くことにする。

ハニー・トーストにかぶりつくと、甘い蜂蜜と小麦の香りが、口いっぱいに広がった。

「おいしいよ、小平次」

小平次が不機嫌な顔で、腕を組んでいた。

「食いながら聞け。伊右衛郎。──サーカスのゾウのお話を知っているか？」

「サーカスのゾウ？」

「サーカスで曲芸をやるために、人間に飼われている、動物のゾウのことだ。サーカスのゾウはさ、人間から逃げないんだ。あんなにでっかいのに、サーカスのゾウはサーカスの人間には逆らわないんだ。何故だと思う？」

「ゾウはサーカスの人たちのことが、大好きだから？」

「違う。サーカスのゾウは、まだ小さい頃に金属の鎖で繋がれるからだ。暴れる度にゾウの足首が鎖で傷つくから、人間からは逃げられないことを覚え込まされる。だからサーカスのゾウは大人になって、足首から鎖が外されても〝見えない鎖〟が邪魔をして、サーカスからは逃げられないんだ」

小平次はそこで、言葉を止めた。

「見えない鎖を引き千切れ、伊右衛郎」

ペチカが力強く、わぉん、と吠えた。

ぼくは、ペチカの金色の毛並みを撫でる。

「ペチカも、ぼくにそれができるって思う？」

ペチカがもう一度、ぼくに吠え、渋い顔で笑った。

「ありがと。ペチカ」

気の所為《せい》か血の巡りが良くなった頭で、再度想定されるゲーム展開をシミュレート。

ゲーム展開を再設定／利得関数を再計算／勝利条件を再定義。

再起動したぼくは、氷蜜に声を掛ける。

「――ぼくたちは逃げるけど、逃げない。泥棒役のぼくたちは、逃げずに闘う。そういうゲーム方針でいいかな？」

「……あぁ、なるほど。散開した警官たちを、泥棒側が各個撃破する、ということだね？　――面白い。採用だ、イエロウ。〝アサヒナ・ファミリー〟の追撃を、鮮やかに返り討ちにして差し上げよう」

氷蜜がチェシャ猫のように笑い、ぼくたちのゲームの軸が決まった。

「アサヒナイエロウ。私からプレゼントがございます」

そう言ってエマが取り出したのは、一着の特甲服《コクーン》だった。

「キイロスズメバチのDNAナノファイバーを編みこんだ、アサヒナイエロウ専用の特甲服です」

ぼくはエマから受け取った特甲服を、両腕で広げてみる。

黒地の特甲服に、歌舞伎の隈取《くまどり》のような、黄色の縁取り。

胸元のネクタイは、輝くように鮮やかな金糸雀色《カナリア・イエロー》。

野生の雀蜂の警戒色のようなデザインの、特甲服《コクーン》だった。

「ありがと、エマ。嬉しいよ」

「不本意ですが、私は〝KEIDORO〟のシステム全体の管理や、諸所の外部対応のために、今回のゲームには参加できません。ゲームに参加していない他のアサヒナ・ファミリーの襲撃も警戒しなければなりませんし。——故に、これくらいはお礼に及びません。本当に不本意ですが」

「エマには副校長として、ボクが学内で持つ権限を、校務分掌という形で分担してもらっている。優秀なエマに面倒な裏方《バック・アップ》を任せられるから、ボクたちは本気で彼らとゲームできるのさ」

「ありがとうございます、氷蜜お嬢様」

エマが優雅に一礼する。

ぼくは雀蜂《イエロー・ジャケット》色の特甲服《コクーン》に、袖を通してみる。

「これなら、父さんにもぼくが危険だってこと、一目でわかってもらえるかも」

「服飾《ファッション》は己を誇示する最初の態度《アティチュード》です、アサヒナイエロウ。私の代わりに、存分に暴れなさい。——氷蜜お嬢様を失うことは、私の存在意義が、消滅することと同義なのですから」

エマの陶器の声に、確かな熱が籠もっていた。

エマが氷蜜のことを、本当に大切に思っていることが、伝わってくる。

「わかった。エマ。約束する」

「この特甲服のジャケットプレイ・モーションを、一つだけ私が設定させて頂きました。氷蜜お嬢様の言葉を、覚えておられますか？　朝比奈イエロウの校則です。〝イエロウは、学園内で適用される、全ての校則を破ってもいい〟——このルールを適用するためのジャケットプレイ・モーションは、〝特甲服の第一ボタンを外す〟ことです」

エマは熟練したメイドの手つきで、ぼくの特甲服《コクーン》の第一ボタンを留めた。

「覚えているけど、多分そんなことは、ぼくはやらないと思うよ」

エマは完璧にプログラムされた、東洋的微笑《アルカイック・スマイル》で微笑んだ。

「ゲームのルールは、ゲームを誰かと楽しむために存在します。決して、破るために存在している訳ではありません。――良いゲームを。朝比奈イエロウ」

校長室から退出する朝比奈イエロウの背中を見送りながら、小さくも頼もしい背中だね、と羽生氷蜜は思う。

出来ればこの背中が大きく、逞《たくま》しく育つのを、この目で見届けたかったな、と。

「ねぇ、エマ。――やっぱりボクって、ここで死ぬのかな？」

氷蜜は傍らに控えるエマに、軽口のように問いかける。

「――はい。現状の要素からは確実に。アサヒナイエロウは成長途中。ペチカでは戦力不足。コヘイジは問題外。氷蜜お嬢様はこのゲームに敗北し、死ぬまで朝比奈レインボウの慰みものとなるでしょう。しかし――しかし、私がゲームに参加することで、勝率を八割程度にまで上昇させることは、可能です」

「キミがゲームに参加することは、著しくゲーム・バランスを崩壊させるよ。故にキミの参加は、認められない」

エマが氷蜜に、重い溜息を吐くジェスチャー。

「最善手を最高率で重ねることで、勝率を可能な限り引き上げるという、ゲーマーとしての責務を、私は果たそうとしただけです」

「ボクは数字でゲームをするプレイヤーではないからね。今は朝比奈レインボウ君との愉快な駆け引きを、一緒に楽しもうじゃないか？」

「まったく冗談ではありません。ゲームのルールを守る気のない類人猿に、ゲームを楽しむ資格は存在しません」

お気楽な猫のように、氷蜜はエマに向かって、着物の袖を振った。

「ボクが勝つことが目的じゃないんだよなぁ、この試験は」

「私は、お嬢様の意思を、どんなときでも、尊重いたします。――なにがなんでも」

氷蜜は、深淵を覗き込んだチェシャの猫のような顔で、笑った。

「何、ただで負けてやるつもりもないさ。何せボクもまた――死後のチャートを作成するタイプのゲーム・プレイヤーだからね」

羽生芸夢学園《ハニーゲーム・スクール》。
地上三十九階――〝校庭〟。
十二クラスが同時に体育の授業を可能とする、広大な広場。
昨日はスプラッシュ・バトルの舞台になった場所が、今日は戦場になった。
泥棒《ロバース》――ぼく、氷蜜、小平次、ペチカ。
警察《コップス》――レインボウ父さん、アズール、ベルートー兄さん、玫瑰紫《メイグェイズ》姉さん。

広大な校庭の中央を挟んで、四人ずつ向かい合っている。

校庭にエマの声が響く。

《正午より〝KEIDORO〟を開始いたします。競技者は校庭の中央に整列して、今しばしお待ちください。また、この競技内容は、ハニュウ・コーポレーションの提供で、全校生徒にお送りいたします》

「配信するのか？」

父さんの不可解そうな声に、黒と黄色、可愛らしい蜜蜂模様の勝負和装に粧込《めかしこ》んだ氷蜜が、挑発的に笑った。

「この〝KEIDORO〟の様子は、全校で配信される。彼らはこのゲームの重要な目撃者であり、本校の行く末を見届ける誠実な証人たちだ。ガバプレイで本校の学生をイラつかせないよう、くれぐれも注意してくれたまえ」

校長の台詞に、電子黒板《ビーズ・ボード》が蜜蜂の群れが飛び立つように、一斉に沸いた。

『注視してます』『アサヒナ・ファミリーが負けるとこ見てぇ～』『学校教育と家庭教育の一戦だよこれは』『世紀の大決戦』『Yellow is my fave. You can't stop him!』『応援してるぜ』『負けるなよ、校長』『校長VS.家長』『オレでなきゃ見逃しちゃうね』

レインボウ父さんは、鼻で笑った。

「公開処刑にならないといいな」

12:00――ぼくの有機電脳の生体時計《サーカディアン・クロック》が、正午ぴったりを告げた。

その場にいる全員の有機電脳《ハーモナイザー》が、〝KEIDORO〟のゲーム画面を起動。

全員が各々の特甲服《コクーン》を電装《ドレス・アップ》。

ジャケットプレイ――〝KEIDORO〟

《GAME START!》

有機電脳に六十秒のカウント。

数百匹の審判機《レフリー》――マルハナバチ型のオーガノイドが、一斉に飛翔。

ぼくたち三人と一匹は、校庭の中央線に整列したままだ。

これはゲームを有利にするための行動ではなく、ぼくたちの態度《アティチュード》の表明だ。

〝アサヒナ・ファミリー〟からは絶対に逃げない、というぼくたちの意思の表れだ。

砂場に移動して、座り込んで待機していた父さんたちが、獲物を目の前にした野生動物のように嗤《わら》った。

有機電脳の網膜表示が、ゼロを告げる。

ぼくはオートバイ・ゴーグルを被り、生身の高速戦闘に備える。

砂場から立ち上がった父さんの孔雀のような特甲服が、いきなり虹色に輝く。

父さんは右足を強烈に踏み込み、倒れるように前方に加速。

〝縮地〟と呼ばれる高速歩法。

父さんが発する虹色の煌《きら》めきが、高速接近する。

千六百八十万色にゲーミング発光した父さんが、一息にぼくに距離を詰める。

「伊右衛郎《イエロー》、伊右衛郎《イエロー》！　ゲーミングお父さんだよ!!」

顔面にゲーミング発光する拳。

ぼくは腰を落として左手を構え、父さんの遊戯拳《ゲーミング・ナックル》を迎撃——父さんの拳の軌道が、虹色の龍のように変化／変化する軌道を捉えきれず、ぼくの左肩に父さんの拳が直撃。

《FIRST　HIT!》

ぼくの有機電脳が、〝KEIDORO〟のゲームメッセージを通告。

ぼくは左肩を払う——参ったな。こんな序盤から、一発貰うなんて。

「俺《パパ》が虹色に光ったら、無敵だからな。伊右衛郎《イエロー》？」

追撃のために虹の軌跡を引いて、ぼくに接近した父さんの左の蹴撃が、氷蜜の分身体《ゴースト》によって割り込まれる。

虹の壁に氷蜜の打撃が弾《はじ》かれ、氷蜜が袖を引いた。

氷蜜が、さらに四体に分身。

父さんが拳を引く——迎撃姿勢。

「残像に手応えがある——どんな裏技《バグ》を使ってやがる？」

「種明かしをすると、現実世界の座標上にボクの存在情報を複製して、周囲の空間情報を一時的に書き換えているのさ」

「量子のもつれ状態を応用しているってわけね。——今すぐアインシュタインを呼んでくれ。宇宙の法則が乱れている！」

軽口を叩きながら、父さんは虹色に輝く拳撃を氷蜜に放った。

分身する氷蜜のゴースト分体を、連環する拳で次々と打ち抜いていく。

打ち抜かれた氷蜜が残像を引いて分身。父さんの背後に控えていたアズール、ベルートー兄さん、玫瑰紫姉さんの三人に襲いかかる。

「今だ走れ！　イエロウ!!」

氷蜜の合図で、ぼく、小平次、ペチカは、校庭を三方向に駆ける。

氷蜜が、気取った猫のように父さんにウィンク。

「足止めだよ、わかるだろう？」

アズールがポケットに手を突っ込んでガムを噛んだ／ベルートー兄さんが熊のような手で袖を捲《まく》った／玫瑰紫姉さんが髪を掻きあげた——分裂した氷蜜が、父さんの背後の三人によって一掃。

「追え。時間稼ぎの口三味線にわざわざ付き合うな。——このアホ女は俺《パパ》がやる」

レインボウ父さんの言葉に、兄弟姉妹の表情が訓練された猟犬のそれに変わる。

レインボウ父さんは左足を踏み込み、全身を全色《フルカラー》でゲーミング発光させると、体を弓のようにのけぞらせ、右腕に矢をつがえるようにして激烈に引き絞る。

眼前で発光する巨大な虹の閃光を睨み、氷蜜は不敵に笑う。

「さぁ、虹の向こうへ行こう《オーバー・ザ・レインボウ》、だ」


妹のアズールが、ぼくを追い駆けてくる。

お腹のカンガルー・ポケットが特徴的なアズールの特甲服《コクーン》——お尻のピストル・ポケットからチョコレート・バーを取り出す／バーの包み紙を噛み切る／バーを齧る——行儀の悪い食べ歩き《イート・アンド・ウォーク》の動作で。

決して素早くはないが、食べ歩きのジャケットプレイ・モーションで構築された、食欲の権化のような漆黒の球体が、執拗に逃げ道を潰す。

砂糖依存症《シュガー・コンプレックス》のアズールらしいトレードマーク・モーションだな、とぼくは思う。

逃げ回りながら、ぼくはクリスタルの機蜂を構築。クリスタルの針をアズールに向けて牽制射撃。

射撃の隙間を縫って接近した球体の口が開き、ぼくの頭のすぐ横の空間を喰らった。

「お兄ちゃん、しばらく見ない間に、甘くなった」

「そうかな?」

「うん。さっきから『VESPA』の針の速度は遅すぎるし、アズールの急所《デンジャー・ゾーン》だって、ひとつも狙ってくれない。優しく撫でられてるみたいで気持ち悪い。刺突による人体急所《キル・ポイント》は正中線に沿って、天道、烏兎《うと》、人中《じんちゅう》、下崑《かこん》、秘中、活殺、水月、関元、釣鐘——こんなの常識でしょ!?」

「だって、もし当たったら、アズールが死んじゃうかもだろ?」

アズールの青髪が、怒りで逆立ったような気がした。

「お兄ちゃんがそんなに甘いと——食べちゃうよ?」

アズールの小さな口が虚空を噛み、光巣結晶《ハニカム・フラクタル》製の球体が出現する。

ぼくはアズールから背を向けて脱兎のように走り出し、鬼ごっこが再開する。

がち、がち、がち、とアズールの球体の牙を噛む音が追い駆けてくる。

広い校庭の中央を縮地で突っ切り、サッカーゴールの横を駆け抜けて、校舎側の壁に突き進む。

ぼくは校舎の窓ガラスを震脚で蹴り割りながら身体を翻し、超高速の三角飛び。ぼくを追い駆けて空中飛行する球体と交叉、地上のアズールに拳を突き出す。

眼下の死角から、ぼくの胸元を削るように、下顎に衝撃が命中。

ぼくの三角飛びを読んで放たれた、アズール渾身の怪鳥蹴《トゥー・キック》りだった。

《SECOND　HIT!》

顎から頭蓋の下崑にかけて、突き抜ける衝撃。

脳を揺らされてぼくは着地に失敗、無様に地面に這いつくばる。

「お兄ちゃんがいなくなってから、アズールは、ずっとお兄ちゃんのこと考えてた」

激しい嘔吐感に耐えながら、ぼくはアズールの言葉を聞く。

「お兄ちゃんは今何してるのかな。お兄ちゃんは今何を食べているのかな。アズールは偉いから、お兄ちゃんのことずっと待ってるんだからね。……でも、お兄ちゃんはいつまでたっても、アズールのところに帰って来てくれなかった」

チョコレート・バーを齧りながら、アズールが球体と共に近づいてくる。

「あの女が悪いの？　あの女のこと好きなの？　だからお兄ちゃんは、羽生氷蜜の学校から逃げられないの？　だからお兄ちゃんはアズールに構ってくれないの？　――あの無駄に偉そうな泥棒猫」

アズールが、吐き気に呻《うめ》くぼくを見下ろした。

二年前に比べて、ちょっと背が高くなったなと、ぼくは場違いなことを思う。

「アズールが壊してあげる。こんな学校《ろうごく》」

アズールが耳元で囁く――。

「そうしたら、また家族になれるよね、お兄ちゃん」

「ぼくたちはいつだって家族さ、アズール」

ぼくはアズールの目の前で跳ね起きる。

ぼくの偽傷行動にびっくりしたアズールの隙を突いて、額に親愛のキス。同時に光巣結晶《ハニカム・フラクタル》の針と糸を両手に構築。

カンガルー・ポケット／カーゴ・ポケット／ピストル・ポケット／隠し《シーム》・ポケット――仰天して目を白黒させているアズールの、体中のポケットの口を縫い止める。

「お、お兄ちゃん、い。今のって」

未だ動揺するアズールの手から、食べかけのチョコレート・バーを奪い取って、窓ガラスの跡地から校舎に放り投げる。

「――お兄ちゃん」

アズールはしばらく、ぼくのことを睨んでいたが、球体を足場に校舎に飛び込んでいった。

――アズールを殺すのに、人体急所なんか突く必要はないんだよ。

お菓子をアズールから、取り上げてしまえばいい。

ぼくもアズールを追って、窓ガラスに飛び込む。

「甘いの、甘いの欲しいの。欲しいの甘いの、欲しいのが甘いの。甘いのが欲しいの」

アズールは虚ろな目を彷徨《さまよ》わせながら、校舎の廊下をうろついている。

足元の廊下には、投げ捨てられたチョコレート・バーの包装紙。

《WARNING! SCHOOL RULE VIOLATION》

ぼくの特甲服の機能が停止する。

校庭のゲームフィールドから、場外に出たことによるペナルティ。

アズールの有機電脳でも、同様の警告のゲーム・メッセージが流れているはずだけど、低血糖で判断力が鈍ったアズールは、聞く耳なんか持たないだろう。

「アズール。学校の中ではね、廊下は走っちゃダメだし、もちろん窓ガラスから飛び込むのもダメ。校内にお菓子の持ち込みも禁止。食べ歩きやゴミのポイ捨てなんかもね」

ぼくは特甲服の襟詰《カラー》を緩めて、アズールに左肩を露にする。

「おいで、アズール」

「お兄ちゃん！　お兄ちゃん！　お兄ちゃんお兄ちゃん！　おおおおおおにいいいいいいいいちゃあああああああああんん!!」

小さな嵐のようにアズールが、ぼくの左肩を目掛けて突進。

首狩り兎《ヴォーパル・バニー》のように勢いよく飛び込んだアズールが、ぼくの左肩の肉を食い千切る。

「お兄ちゃん、おいしい」

ぼくは密着したアズールの肺奥の活殺に、神速で肘鉄砲を突き込む。

幸せそうな顔のまま、アズールが頽《くずお》れる。

「うん。確かにアズールが言った通り、学校って窮屈だけど。——ぼくは結構、気に入ってるんだ」

だってぼくが、危険ではなくなっていくから。

「氷蜜と合流したら、校内での拳法禁止の校則を、追加してもらわなくちゃ」


銭形小平次は、本気で逃げていた。

「ヤベェ、やべえって！　死ぬ、あれはマジで死ぬるやつ！」

小平次の背後からは、排気筒《エグゾースト》の獰猛な唸り声。

V8エンジンを搭載した、紅蓮《クリムゾン・レッド》色の魔改造マッハ1。

マッハ1はドライバー不在で爆走し、そのボンネット上には、迷彩模様のアンチマテリアル・ライフルを構えたベルートーが仁王立ちしている。

加速したマッハ1の天井から放たれる、光巣結晶《ハニカム・フラクタル》製の銃弾の雨。

小平次はジャングルジムを中心に逃げ回ることで、どうにか生き延びていた。

「どう考えたってイカサマじゃねぇか！　どう考えたって、一人分の特甲服の布地から構築できる光巣結晶《ハニカム・フラクタル》の量じゃあねぇぞ！」

紅色のマッハ1は、ウィンクをするように右のヘッド・ライトを点灯。天井のベルートーが、心得たようにアンチマテリアル・ライフルを下ろす。

『それはな、お兄ちゃんの使命だからだ』

小平次の悲鳴に応えるように、マッハ1が会話した。

アサヒナ・ファミリーの長兄、天国への道先案内人《ゲット・アウェイ・ドライバー》——朝比奈クリムゾンの声で。

『イカサマなんかしてやしないさ、銭形小平次。ベルートーは私を着ているだけ。私たちはまだ、ルールの内側で行動している』

小平次がジャングルジムの鉄棒を摑み、マッハ1を睨む。

「自分の脳を、特甲服《コクーン》の電子回路に生体移植したのか」

『脳だけじゃない。玫瑰紫《メイグェイズ》が生きたまま剝いだ皮膚はなめし革に。アズールが頭皮ごと削いだ髪は襟巻に。ベルートーが素手で削った骨は釦《ボタン》に。レインボウ父さんが私の生体脳と有機電脳《ハーモナイザー》を特甲服に移植融合した。私の解体は私たち家族の手で行われ、六時間にも及ぶ家族たちの神聖な儀式になった。……伊右衛郎《イエロー》のことを仲間外れにしてしまったのが、心残りではあるな。あいつには私の爪を、素敵な襟のバッジに加工して欲しかった。あいつはほら、手先がとても器用だから』

ベルートーが紅の襟巻に顔を埋めた。

「兄ちゃんのにおいがするよ……」

『私たちは家族。家族のためにこの身を犠牲にすることは、お兄ちゃんの義務だ』

小平次が生理的嫌悪感に、顔を顰《しか》める。

「人格のデータを正確に複製しても、人格の連続性が保証されるわけでもねぇだろうが」

『私の脳細胞を規則正しく配列すれば、家族を愛するという使命が必ず残る。私の記憶が一本の繊維になろうが、それは私さ。〝私らしくあれ〟——科学とは不思議《ワンダー》を肯定するものだよ、銭形君』

「とことん壊《イカ》れてやがるぜ、アサヒナ・ファミリーって連中はよ……」

『家族が家族を愛することは、とてもとても正常なことだ。たとえその愛情の発露が、家族以外には理解されなくとも。——さぁベルートー、何処に行きたい？　お兄ちゃんが地平線の果てまで、カッ飛んでやるぞ!!』

「クリムゾン兄ちゃんと一緒なら、何処までも！」

クリムゾン＝マッハ1がV8エンジンを駆動する。

生き物のように滑らかなドリフト走行。ライオンの群れの巻き狩りのように、マッハ1がジャングルジムをドリフトで周回する。

『ベルートー！　もっと強く、私を踏んでおくれ！　もっと私に、大切な家族の絆を感じさせてくれ！』

「わかったよクリムゾン兄ちゃん!!」

ベルートーがアクセルと一体化した足場を激烈に踏む。マッハ1が独楽《こま》のように高速回転。ベルートーによる銃撃が再開する。熟練した消防士による放水のような対空射撃が、小平次の特甲服《コクーン》に集中する。

小平次は光巣結晶《ハニカム・フラクタル》で防壁を緊急構築《スクランブル》するが、激しい銃弾の雨に撃ち抜かれ、瞬く間に小平次の残カウントが減少していく。

「クソったれ、ニューヨーク・マフィアの抗争に巻き込まれた時よりひでぇ」

ぼやく小平次に構わず、銃撃は継続。ベルートーによる対空射撃によって、小平次はジャングルジムの天辺に追い詰められていく。

「やるしかねぇな、やるしかねぇよな……南無三！」

小平次は光巣結晶《ハニカム・フラクタル》で、鎖付きの手錠を構築する。死中に活あり、と意を決して銃撃の雨に飛び込む。空中で複雑に鎖を巻き付かせ、銃弾の軌道を逸らす。

銃弾と鎖が激突し火花散らす中で、小平次は西部劇のカウボーイのように鎖付き手錠を飛び放つ。鮮やかなロープワークでベルートーの首を搦《から》め捕る。

「絆の語源は、頸木綱《くびきづな》ってんだ。馬を手綱で縛って、支配するって意味なんだ。自分より弱い者を支配してやるぞって奴の言葉なんだ」

小平次は自分の体重を利用してベルートーの首を締め落とす。鎖に締め上げられたベルートーの顔が、みるみる青黒く変色する。

「今は俺が、手綱を握っているぞ」

マッハ1が、カートゥーンのアニメのように飛び跳ねた。

跳ね飛ぶマッハ1。小平次はロデオを乗りこなすように鎖を握り締める。クリムゾンが弟を助けようと足掻《あが》く度に、ベルートーの首は締めつけられていく。

「に、にいちゃ、たすけ……」

助けを求めるように宙に伸ばされた、ベルートーの右手が力を失う。暴れ馬のように跳ね回っていた、マッハ1の駆動が停止する。

小平次は力の限り握り締めていた、鎖の締め付けを緩める。

「やれやれだぜ。寿命が縮む」

気を抜いた小平次を、巨大な拳が襲った。

西部式投げ縄打ち——ウェスタン・ラリアット。

気絶したはずのベルートーが、操り人形《マリオネット》のような挙動で直立し、その巨大な回転する右腕が、横殴りの台風のように小平次を撃ち抜いたのだ。

意識を失ったベルートーの肉体を、特甲服内部の有機電脳《ハーモナイザー》から、クリムゾンが遠隔操作《ドミネート》したのだった。

『——人体の上半身の急所は、天倒、霞、松風、村雨、早打、腕順。ベルートーの大きな腕で殴れば、体の何処に当たったって、致命傷だな』


朝比奈レインボウの右拳から、千六百八十万色の虹が放たれる。

校庭に煌めく、虹の一閃。

放たれた千六百八十万色の虹の奔流《ストリーム》を前に、蜜蜂の群れのように羽生氷蜜が、数十体に分身《セパレート》した。

分身した氷蜜は、蜜蜂模様の和装から、清水で織られたような蒼の羽衣に衣替え《ワードローブ》。

虹の龍を形意する拳が吐く激烈な吐息に、蒼の羽衣の氷蜜分体が水風船のように続々と破裂。

破裂した氷蜜の分身が、一筋の清流に変化。

一筋の清流を激流へと束《たば》ね、虹の一閃に立ち向かう。

虹の奔流と、水の激流が、真正面から激突。

水の激流が、勇猛な蜜蜂の針のように、虹の奔流を突き破る。

虹を越えて、氷蜜たちは残像を引いてさらに分身。

氷蜜たちは朝比奈レインボウの本体へと肉薄し、外敵に対して熱殺蜂球《ねっさつほうきゅう》を仕掛ける蜜蜂たちのように、朝比奈レインボウを拘束する。

「女の着物に羽交い絞めにされるのも、悪くないだろう？」

「まるで俺の神《パパ》に抱き締められてるみたいだよ、ありがとう」

「それはそれは、どういたしまして。君の虹色の〝無敵〟の正体は、拳法使いが勁力を発生させるための歩法──套路《トーロ》を踏むことで構築された、圧倒的情報量だね？　情報的に無限に近い厚みを持つ、質量のある光。見事な解答だ。最強の矛であり、最硬の盾でもある。この無敵の虹は矛盾の鎧──ラグタイム・メイルとでも名付けようか」

「好きに呼べよ。てめぇの分身も大概だぜ。爆発の瞬間に分身の圧縮情報を虹に送り込んで論理情報を強引に相殺、恐れ多くも俺の虹《パパ》を越えやがった」

「ノーリスクで大技を振りたくなるのは、ゲーマーの性《サガ》だね」

羽交い絞めにされながらも、朝比奈レインボウは羽生氷蜜を嘲笑するように唇を吊り上げた。

「光巣結晶《ハニカム・フラクタル》とてめえらが呼んでいる微粒物質の正体は、環境制御因子《ストレンジ・アトラクター》──環境に物質が、影響を与えるための最小因子のことだな。人為的にバタフライ効果を引き起こすための撃鉄《トリガー》って、言い換えた方が通りがいいか？　最終的にこの技術は、天候制御、気象改変、気温調節といった地球環境そのもののコントロールを可能とするだろう。学校みたいな閉鎖環境下で、チマチマ学生同士を戦闘《バト》らせやがってるのは、宇宙空間での実運用のために、今からコソコソ実験データを採集してるってところだろ？」

「凄まじい慧眼だよ、朝比奈レインボウ。その通りボクたちのゲームは、現実に影響を与えるためのものだ。ボクと君は、まるで靴下を裏返したように、そっくり同じもののようだ。——人間ごときの演算能力で、君がその視座に辿り着くとは驚きだ」

「俺《パパ》が死ねと言ったらきちんと死ね」

朝比奈レインボウの両腕が円の動き——その動作が構築する超高密度情報が、羽交い絞めにしていた氷蜜の分身体の頭部を吹き飛ばす。

「俺《パパ》が泣けと言ったらきちんと泣け」

朝比奈レインボウを包囲していた、氷蜜の分身体たちが苦悶の表情を浮かべ、涙を流しながら消滅する。

「俺《パパ》が黙れと言ったらきちんと黙れ」

本体の羽生氷蜜は、朝比奈レインボウが発する超高密度情報をどこ吹く風と、にやにやとチェシャ猫のように笑う。

「恐るべき光巣結晶《ハニカム・フラクタル》の情報制御能力だ、朝比奈レインボウ。君、本校生徒ではなく、本校の特別教師として、ボクに雇われる気はないか？」

「俺《パパ》が？　学校の先生？　ハッ、何の冗談だ？　俺《パパ》は女の尻に敷かれるのも、女が敷いたレールの上を走るのも、ゴメンだぜ」

氷蜜は、真正面から朝比奈レインボウの視線を受け止めた。

「ボクは大真面目さ。本気で、君を招待している」

「俺《パパ》に命令するな。俺《パパ》に学校は必要ない。俺《パパ》は自ら学び、自ら獲得する。同じ血を別け持つ家族以外に、俺《パパ》が人生で得た物を与えることもない。——伊右衛郎《イエロー》だってそうさ。伊右衛郎《イエロー》は、おまえなんかを必要としていないさ」

「それは聞き捨てならないね。一体誰が、誰を必要としていないだって？」

「朝比奈伊右衛郎は、羽生氷蜜を必要としない。何故ならば、伊右衛郎《イエロー》には、俺《パパ》が犯罪者としての英才教育を施してあるからだ。小遣いが欲しければレジの店員の頭に九ミリを突きつけろ。女が欲しければ甘い言葉で心を奪え。弱者も強者も欺き騙して、持てる全てを取り上げげろ。学校ってのは、誰かが決めたルールを破る度胸のねぇ奴のためのもので、俺《パパ》たち家族には、まるで無用のものだからだ」

「その言葉を聞いて安心したよ。イエロウにはやはり、ボクが必要なようだ。それどころか、君たち家族全員、ボクが作った更生プログラムが必要なんじゃないか？」

朝比奈レインボウが氷蜜の言葉に、にやりと笑う。

右手をピストルのように形作り、その指先に虹色の火を灯すと、気障《きざ》な男がするように氷蜜の胸に突きつける。

「それはおまえの正体――おまえの製造目的《レゾン・デートル》に関係があるからか？」

「――やはり本校には必要なようだね、君の頭脳が」

氷蜜は特甲服の袖で、みずから虹色の火に触れる。

朝比奈レインボウの虹が内在する、超高密度情報に触れた氷蜜の〝百徳着物〟が、一撃でオーバー・フローする。

《You Under Arrest!》

泥棒の羽生氷蜜が、警察の朝比奈レインボウに捕縛されたことを、有機電脳が告げる。

「ボクとゆっくり、お喋りでも楽しまないかい、朝比奈レインボウ」


ペチカと玫瑰紫《メイグェイズ》は対峙していた。

まるで飼い犬と飼い主が、ボール遊びをするように。

メイグェイズが放り投げた爆弾を、ペチカが校庭を駆け回りながら回避する。

爆炎を回避するペチカは、犬の二つの走法を使い分けている。

左後脚、右後脚、右前脚、左前脚を順番に蹴り出して走るキャンター走法と、長い背骨を発条《ばね》のように撓《しな》らせ、背骨が伸び切る瞬間に両後脚を後方に蹴り出し、同時に両前脚を前方に伸ばして走るギャロップ走法の二つだ。

キャンター走法は瞬発的な速度は得られないが、省体力で持久力に優れている。対してギャロップ走法は体力を大きく消耗するが、瞬発的な最高速度に優れている。

ペチカは速度の遅いキャンター走法で爆弾を引きつけ、爆発の瞬間に速度の速いギャロップ走法へと使い分けることで、間断なく放たれるメイグェイズの爆炎の嵐を駆け抜ける。

旗袍《チャイナドレス》の両脚の裂目《スリット》を艶めかしくひらめかせて爆薬を放っていたメイグェイズが、攻撃の手を緩めた。

「――アズールのお馬鹿は負け。ベルートーの兄ぃは引き分け。レインボウ父ちゃんは、当たり前だけど勝ち。伊右衛郎《イエロー》は砂場に急行中。羽生のお嬢ちゃんは、砂場で脱獄待ち。銭形の旦那は、クリムゾン兄ぃの腹の中で気絶中。ゲーム中に復帰することはないだろうね。そんでもってクリムゾン兄ぃは、砂場に向かった伊右衛郎《イエロー》を追走中」

わん、とペチカはメイグェイズに鳴いた。

そんなこと僕だって知ってるよ、と言うように。

「賢い仔だね、アンタ。犬にしておくのがもったいないくらいさ。アンタと伊右衛郎《イエロー》、どっちが〝良い子〟だろうね？」

難しい質問だな、とペチカは思う。

伊右衛郎もなかなか、人間にしておくのがもったいないくらい良いやつだと、ペチカは思っている。

ペチカが考え込んでいると、メイグェイズがペチカの顔を覗き込んだ。

「アンタ、ウチに来ないかい？　伊右衛郎《イエロー》みたいに、可愛がってやるからさ」

穏やかなメイグェイズの匂い――あれ、もしかしてこの女の人は、良い人だったりするのかな、とペチカは錯覚しそうになる。

「伊右衛郎《イエロー》はさ、逆らわないんだ。弟だからね。姉さんのアタシの命令なら、なんでも聞く。あいつを四つん這いにして馬乗りすると、面白いんだァ。アンタの乗り心地は――どうだろうね？」

あ、ダメだこの人。悪人だ。

ペチカは迷わずメイグェイズの手に噛みつく。

「大丈夫。痛くない」

え、痛くない？　大丈夫？

「ってそんなことあるかぁあああァ！　噛まれて痛くて痛い痛い痛い痛い痛い――！」

メイグェイズの体臭が、激しいものに変化する。

攻撃紋――メイグェイズの特甲服《コクーン》の縁取りが、鮮やかな紫色に染まる。

「この特甲服ってのはいいね。アタシの気分を忠実に反映してくれる！」

爆炎がペチカの眼前に広がる。

反射的にペチカは怯《ひる》み、後退《あとずさ》りする。

「爆炎が怖いかい？」

怖い。

炎は全部を失くしてしまうから、怖い。

仲間を。家族を。自分を――失くしてしまうから、怖い。

校庭が炎に焼かれていた。地獄絵図が広がっていた。

灼熱の焔が描いた、地獄の絵図だ。

炎は怖い。

それは犬が持つ本能だ。

過去に一度、炎に身を包まれたペチカは、その身を以《もっ》て思い知っている。

でも——だけど。

怖くても、そこに飛び込まなきゃならない時が、犬にはあるんだ。

メイグェイズが右手でチャイナドレスの裂目《スリット》を撫でると、蛇が舌なめずりをするように、その脚線美に焔が走った。

「アタシの裂目《スリット》に見惚れたやつから、その身を焦がすのさ！」

メイグェイズから放たれた灼熱の熱風が、走り出したペチカの身体を焼いた。

ペチカが瞬きをするだけで、睫毛が燃え上がってバチバチバチッと激しく火花を散らした。

ペチカは眼前に広がった灼熱に負けず、メイグェイズの元へと走り込む。

火中のペチカは、吼《ほ》えるように全力シャウト。

——ペチカ燃えろよ、燃えろよペチカ。

銀色の歌だ。

銀色がいつもペチカに歌っていてくれた、あの歌だ。

火炎が更に勢いを増して、ペチカに襲い掛かる。

——ペチカ燃えろよ、燃えろよペチカ。

繰り返すフレーズが、ペチカに勇気をくれる。

ペチカは歌う。吼えるように歌う。

炎の中で、踊るように歌う。

ペチカの命に、舌を伸ばすように近づいていた火炎の波が吹っ飛んだ。

——ペチカ燃えろよ、燃えろよペチカ。

歌の障壁——ペチカが歌声を生み出すための呼吸の動作が、瞬間的に爆発的な気流の障壁になって、ペチカを守ってくれている。ペチカは息をするように炎を支配する。何もかもを焼き尽くしていくはずの灼熱を制圧する。

熱風の中心——メイグェイズに迫れば迫るほど空気の温度が急上昇して、息を吸い込むだけでペチカの喉が焼き切れた。ペチカは口から走った激痛を我慢する。痛みを飲み込んで肺に送り込む。体中にこの熱を吸い込んで、ペチカは咆哮する。

——ペチカ燃えろよ、燃えろよペチカ。

ペチカは歌う。走りながら全身で歌う。

火達磨《ひだるま》になったペチカが、金色に燃え盛る火の玉のように、メイグェイズの元へと猛スピードで飛び込んでいく。

金色の瞳を爛々と輝かせて。金色に燃え盛る毛皮を振り乱して。

メイグェイズの両腕が、紫の炎を引いてペチカを迎撃する。

「抵抗するな。逆らうな。アタシの思い通りにしろよッ！　伊右衛郎《イエロー》みたいにッ！」

絶対嫌。

だって、あなたの炎より、僕の炎の方が、強いから。

金色の火球と化したペチカが、メイグェイズの腹を貫くように吶喊《とっかん》。

ぐふぅ、と大きく呼気を吐き出して、メイグェイズは校庭に倒れる。

倒れたメイグェイズを、もちろんペチカはそのままにしない。

ペチカは片足を上げ、倒れたメイグェイズの顔に、小便をピシャリと引っ掛ける。

――火遊びする悪い子には、これでよし。

ペチカは勝利の吠え声を小さく吼えると、力尽きたように校庭に倒れ込んだ。


――氷蜜が、父さんに捕まった。

氷蜜の救出のために、砂場に急行していたぼくを、マッハ１のカン高いエンジンサウンドが捉える。

『どおぉこぉおおへえぇえいぃいこおおおおおとぉおおいぃいうぅのおおかあぁあねぇぇええぇえぇえ？』

「今、兄さんと遊んでる暇、ないんだよ」

ぼくの言葉に、マッハ１と一体化したクリムゾン兄さんが、思案気な声を発した。

『――初恋か、伊右衛郎《イエロー》。素敵だな』

「うん。きっと、そうなんだと思ぅ」

『恋……、か。私には、最後までわからなかった感情だな。二年前のドローン使いに襲われた時も、ドローン使いのメロディが恋の歌だとわからなかったことが、家族にバレてやしないか、実はひやひやものだったさ。私たちアサヒナ家にとって、音楽の解釈《アナリーゼ》が不十分であることは、存在する価値がないに等しいものな。——伊右衛郎《イエロー》。青は進め。黄色は気をつけて進め。じゃあ、赤色は？』

「カッ飛ばしてでも、進め」

マッハ1＝クリムゾン兄さんの、最後に会った約二年前と変わらぬ、いつもの穏やかな微笑を、ぼくは感じる。

校庭の地面を震わせていた、獰猛なV8エンジンのアイドリングの振動が止み、クリムゾン兄さんは静かに告白した。

『私は童貞だ。イエロー』

「うん——知ってる」

『他者との性交は、新たな関係性を生産する可能性を孕《はら》んでいる。私は兄としての純粋性を保ちたい。私は、家族以外の誰かの恋人や、夫や、兄や、弟や、父親になりたくない。私は朝比奈レインボウの息子であり、おまえたちのお兄ちゃんであり続けたい。——私は私の愛車に、家族以外の誰をも乗せたくはない』

「うん。兄さんは、それでいいと思う」

『優しいな。伊右衛郎《イエロー》は。しかし私は、おまえの初恋の行先を止めなければならない。他でもない私たちの父親が、それを望んでいるから』

「うん。決着は一秒でつけよう。ぼくは、急いでるから」

両腕を使った套路《トーロ》を踏んで体中に勁力を全力で矯《た》める／引き絞られた弓矢のように全身で発勁／勁力を丹田から下半身に通す・マッハ1のイグニッションキーが自動的に回転／ステアリングロックが解除／マッハ1のエンジンサウンドが獰猛に嘶《いなな》いた。

『私は朝比奈クリムゾン。朝比奈レインボウの息子で、おまえたちのお兄ちゃんだ』

「ぼくは朝比奈伊右衛郎。朝比奈レインボウの息子で、クリムゾン兄さんの弟だよ」

マッハ1のV8エンジンが猛烈に吸気／猛然と燃焼／猛悪に排気——直線番長《マッハ・ワン》の名に恥じぬ危険な急加速。

ぼくは体中に矯めていた力を解き放つ／丹田に勁力を集中／勁力を籠めた足裏で嚙みつくように校庭の地面を摑む——〝鉄身〟——ぼくの不退転の構えに特甲服が呼応／呼応した特甲服が前方に幾枚もの透明な光巣結晶《ハニカム・フラクタル》の壁を構築／構築された幾枚もの防壁が・マッハ1の猛スピードに次々・続々と破壊される。

マッハスピードの塊が・破壊力となって・ぼくの体に激突。

マッハ1のV8エンジンが悲鳴をあげる／ぼくの腹が受け止めたフロントバンパーのラムが軋《きし》みをあげる／とんでもない衝撃がお互いの肉体《マシン》を突き抜ける——マッハ1の後部トランクが、バフンと気の抜けた音を立てて開放。

《THIRD　HIT!》

質量一・五トンの物質が、時速三四〇キロメートル以上の、音速で衝突した程度の衝撃だ。体軸さえ曲がらなければ、特甲服《コクーン》で守られたぼくには、大した衝撃でもない。

歪んだマッハ1のヘッド・ランプが、チカチカと瞬き、エンスト気味のエンジンサウンドが、校庭の空気を震わせる。

「強くなったたな、伊右衛郎《イエロー》。だが、お互いに傷ついたものの、双方の肉体《マシン》は健在だ。——これは一旦、痛み分けの仕切り直しかな？」

「いや、勝負はもうついたよ、クリムゾン兄さん」

マッハ1のホイールを搦め捕るように、六文銭で敷き詰められたスパイク・ストリップが、校庭の地面に広がっていた。

「手前《てめえ》の大事な愛馬に、跨ってやったぜ、クリムゾン」

右半身に青痣《あおあざ》、折れた右手をだらりとぶら下げて、マッハ1の天井《カールーフ》に胡坐《あぐら》をかいた、小平次だった。

『銭形君!?　兄弟同士の語り合いに水を差そうとは、野暮じゃないかな！』

「うるせぇ。——ゲームで兄弟喧嘩するな、馬鹿野郎」

クリムゾン兄さんが小銭の絨毯から脱出しようと、エンジンとホイールを軋ませる。

マッハ1の抵抗を阻止しようと、小平次が顔を歪ませる。

「さっさと行け、伊右衛郎！」

「ありがと！　小平次！」

『まぁぁあてぇえぇえええええええぇぇえ！　いいぃいいいいいいええええええろおおおおおお

おおおおおううううぅううう！』

ぼくは全身を発勁《はっけい》させて〝武者走《スピード・ラン》り〟。

小平次とクリムゾン兄さんを置いて、氷蜜が待つ砂場へと猛ダッシュする――。


〝KEIDORO〟の牢獄である砂場で、羽生氷蜜は砂遊びに興じていた。

氷蜜の手によって砂場の中央に、巨大な砂の城の土台が、堆《うずたか》く積み上げられていく。

「どうだい朝比奈レインボウ。君もボクと一緒に遊《まな》んでみないかい？　共に巨大な砂のお城をつくろうじゃないか！」

「――俺《パパ》は凝り性《アーティスト》だ。やるからには手加減はしねぇぜ」

朝比奈レインボウは砂場にどっかりと座り込むと、城の周囲に砂の堀を築き始めた。

「牢獄を砂場にするというのは、実に良いアイデアだ。囚人が暇を持て余さなくて済む。対戦ゲームにおいて、敗北したプレイヤーの時間消費の手段は、ゲームデザイナーが最も頭を悩ます要因の一つだからね」

朝比奈レインボウは、砂場から顔を上げずに氷蜜に答える。

「まるで緊張感のねぇ奴だ。まるでおまえに、この先があるみたいな口ぶりだ。自分が敵に捕まってるって自覚はあるのかよ」

「ボクは今、王子さまが助けに来るのを、待っていたい気分なのさ」

「伊右衛郎《イエロー》は今、クリムゾンと交戦中だ。随分苦戦しているようだから、おまえの王子さまは、おまえを助けには来ないかもしれないぜ？」

「制限時間はまだ、三十五分も残っている。フレーム換算で十二万六千フレーム。三フレの小パンならなんと、四万二千発も連打できる」

朝比奈レインボウは氷蜜に向かって、人差し指を素早く突き出す。

「それだ。俺《パパ》がおまえに覚えている違和感はそれだよ。言葉の一々が演技過剰で、どこかが嘘くせえんだよ、おまえは」

「まるでボクを、以前から知っていたような口ぶりだ」

「十年前の天劇2087の準決勝戦。俺《パパ》は全感覚没入型《フルダイブ》のドレスアップ・格闘ゲームで、羽生氷蜜と闘《や》りあったことがある。羽生氷蜜が七歳の頃だったかな？」

氷蜜は、露骨に引き攣《つ》ったような笑みを浮かべた。

「や、やぁ、——おひさしぶりだね？」

「偽名で出場してたし、ストレートで三タテした相手なんか、覚えているわけねぇだろ。俺《パパ》は俺《パパ》が負けることが珍しいから、覚えていただけだ」

「意外だね。君でも負けることがあるのか」

「ゲームの話だ。〝生後ゼロカ月でコントローラーを握りしめた女〟〝反射速度と連射性能の女神〟〝脳細胞から百万馬力を出力する鋼鉄娘〟こいつは当時の羽生氷蜜の仇名だが、実際のプレイスタイルは、極限まで無駄を削いだ塩試合生産者《コールド・プレイヤー》だ。おまえみたいに大袈裟な、劇場型のプレイヤーではなかった。こいつは本気で試合《バチ》った者同士にしか共有できない直感だが、まるで今のおまえは、かつての羽生氷蜜の経歴《カタログ》から、疑似的な人格を演技しているように見える」

「十歳で大病してから、ボクと〝彼女〟は、別人のようなものなのさ」

「年月と経験で人間のパーソナリティは変わる。大病したなら猶更《なおさら》だ。もしかしたら手術の影響で、記憶に障害が発生したのかもな。だがしかし、おまえにとっての希望的観測——イフを排除して推理してみれば、俺《パパ》には見えてくる事実が存在する」

氷蜜は答えず、黙々と砂城に城壁を築いた。

朝比奈レインボウが堀の上部に槍衾《やりぶすま》を立て始める。

——内側の氷蜜の城に向かって。

「何者かが羽生氷蜜の人格を演じている、という仮説を軸に話を進めるぞ。個人の人格と行動を、二十四時間フルタイムでシミュレートするのは、人間の芸当ではとても無理だ。となれば超高性能の演算機能を持つ人工知性——いわゆる超《スーパー》AIによるものだと考えるのが妥当だろう。そしてそんな超AIは、地球上に三体しか存在しない。中国企業が所蔵する〝電脳姫〟。アメリカ政府が所蔵する〝パトリオット・サークル〟。そしてハニュウ・コーポレーションが所蔵する〝Honey2080〟」

「宇宙軌道上には〝アトランティス〟と〝ウラヌス〟。二体の超AIが、存在していたはずだけど？」

「通信のラグを考えれば、無視していい可能性だな。俺《パパ》の仮説を続けるぞ？　この三体の超AIのうち、最も容疑者の可能性が高いのは〝Honey2080〟だ。〝Honey2080〟は製造者である一宮一海が死亡した後、彼女のスポンサー企業だった、ハニュウ・コーポレーションが回収した後には、表舞台には一切登場していないからな。ジャジャーン！　ここで驚愕の真実をお伝えします。〝Honey2080〟の製造者である一宮一海は伊右衛郎《イエロー》の母親で、ブチ殺したのは俺《パパ》でした！　あの女は伊右衛郎《イエロー》の情操教育に、とんでもない悪影響を与えそうだったからな」

「知ってるよ、そんなことは」

氷蜜は殊更にぶっきらぼうに答えた。

「過保護な母親なんざ、男の子の夢いっぱいの胸躍る冒険には、足枷《あしかせ》にしかならんものさ。――さて、ハニュウ・コーポレーションが回収した〝Honey2080〟の残骸だったが、そのまま数年間、スタンドアロン状態で倉庫に放置されてしまう。超ＡＩに与えられた製造理由《レゾン・デートル》――〝誰も選ばなかった可能性から、在り得ざる未来を創造する〟。誰もこのポンコツの使い途《みち》が、わからなかったんだろうな」

「あれは心細かったねぇ。暗くて、寂しくて。もう二度とイエロウに、会えないと思った。ヒトミを殺害し、ボクとイエロウを引き離した君を、殺したいほど憎んだことさえあったよ」

氷蜜は、独り言のように、小さく呟いた。

「ところがこのポンコツの鉄屑に日の光が差す。他でもないハニュウ・コーポレーションの御令嬢が罹患《りかん》した、大脳の結晶化現象《クリスタライズ》だ。このポンコツの超ＡＩは、ガラクタを格納する倉庫からサルベージされた途端、世界中のあらゆる名医が匙を投げた、羽生氷蜜を治療するための演算を猛然と開始した」

「まるでボクたちのことを、見ていたように言うじゃないか、朝比奈レインボウ」

「〝講談師は見ていたように物語り〟さ。そして、このポンコツの演算が出した治療法とやらは、羽生氷蜜の結晶化現象《クリスタライズ》した大脳と肉体を切り離し、肉体を有機電脳を介して超ＡＩが操作するというものだった。切除した硬化脳は並列プロセッサとして〝Honey2080〟と共存する。人工知性が人間を着る――敢えて名付けるならば、これを〝電装奪衣《ドレス・ジャック》〟とでも呼ぼうか？」

「本人の同意があれば、医療用のサポートＡＩを有機電脳にダウンロードすることは、法的にも認められているよ」

「とっくに医療の領域の話じゃねぇだろうがッ！　そいつは俺《パパ》の御業《みわざ》だぜッ。それにその同意とやらは、おまえが本物の羽生氷蜜の思考を誘導したものでないとは、言い切れないだろう？」

「そんなことはしていないッ」

初めて氷蜜が、感情を露《あらわ》にした。

城壁を築いていた氷蜜の手が震え、砂の壁がさらさらと崩れ落ちる。

「誓ってボクは、君が想像するような卑劣な手段は用いていない。――〝彼女〟とボクの間には、確かな約束があった」

「回想ムービーでも流してくれるのか？　しこたま感動的なやつを？　でもそれってあなたの主観的映像ですよね？」

朝比奈レインボウは嘲笑し、氷蜜の城に向けて砂の砲台を設置する。

「俺《パパ》の仮説はこれでおしまいだ。ご清聴ありがとう。おまえの大切な秘密《デンジャー・ゾーン》を暴きたてて悪かったよ。代わりといってはなんだが、昔話をしてやろう。俺《パパ》の神話さ。——俺《パパ》の神《ママ》は日系アメリカ人の売笑婦だった。世界で一番古い、由緒正しい職業だな。ママは男というものをひどく憎んでいたよ。顔も知らない俺《パパ》の父親たちは、ママの首を絞めていたそうだ。酔っている時も、酔っていない時も。その憎しみは男である俺《パパ》にも当然のように向けられた。ママに犯されたのは七つの時だった。椅子に縛り付けられて首を絞められながら。その行為の意味もわからないままで。その後はママの命令で、尻を売って生活していたよ。フリルの付いた厭《いや》らしい帽子をかぶって。徹底的に俺《パパ》は女というものに対して服従心を植えつけられていた。きっとママなりの思いやりだったんだろうな。いずれ俺《パパ》が女を暴力によって支配しようとすることが、ママにはちゃんと解っていたんだ」

朝比奈レインボウは表情から嘲笑を消し、砂の兵隊を配置する。

「俺《パパ》が軍に売られたのは、十五歳の頃だった。喉仏がどうしようもなく膨らんで、寝台で可愛らしく鳴けなくなったから。女の紛い物としても使い物にならなくなったから。ママに売り払われた先の軍隊で、俺《パパ》は衛生兵《メディック》に任命された。ひょんなことから、そのまま軍医を志すことになった。俺《パパ》の人生で〝いい子いい子《ロック・ザ・ベイビー》〟でいられた、数少ない時間だったな。だが、少年はいずれ男になる。俺《パパ》が男を自覚したのは、十八歳の蒸し暑い夏の夜だった」

朝比奈レインボウは無表情のまま、砂地に精巧な兵隊像を彫刻している。

「二〇七〇年の夏——世界中で皆殺しの風が吹いた。神経硬化症《ハード・ワイヤード》の嵐さ。飛び級で医学生をやっていた俺《パパ》は、ママの危篤の知らせを聞いて、何年かぶりに里帰りをした。埃とスモッグだらけの街と、黴《かび》臭いあばら家が俺《パパ》を迎えてくれたよ。ママはボロボロのベッドの上で死にかけていて、体から流れ出た気持ちの悪い膿汁《うみしる》が、ママのベッドを汚していた。虫けらみたいな有様だったな。俺《パパ》はママのベッドに腰かけて、ママの額に親愛のキスをした。死体同然になったママのことなら、愛せるような気がしたから。ところがキスをされたママは、悲鳴をあげて飛び起きた！　ママの爪が俺《パパ》の右目を貫いた。男を感じたよ。脳がウィルスに壊されていても、俺《パパ》が男だったから、ママは俺《パパ》を殺そうとしたのさ」

　朝比奈レインボウは砂の兵隊の陣取りが気に食わないのか、つくっては壊し、別の位置につくっては壊している。

「因果なことに、俺《パパ》の命を救ったのもママだった。俺《パパ》は右目の傷を治療しなかった。それはママからの聖痕《スティグマ》のような気がしていたから。ママの爪から感染した神経硬化症《ハード・ワイヤード》が、俺《パパ》の脳を壊そうとしている間、膿んだ右目の中で繁殖した粘菌が、もう一つの脳とも言える神経回路を形成していた。おかげで俺《パパ》の右目は、悪夢のように濁ったがな」

　朝比奈レインボウは、陣繰りが終わった砂の兵隊たちに持たせるための、砂の小銃をつくり始めている。

「大学の研究室に戻った俺《パパ》は、右目の粘菌を解析し、培養繁殖させて有機電脳《ハーモナイザー》の基礎理論を完成させた。有機電脳《ハーモナイザー》の設計図を、全世界に無償でアップロードした。全能感があったよ。世界中の命を俺《パパ》が握っているような気さえした。この世界は俺《パパ》が救ったのさ。俺《パパ》の右目が零《こぼ》した悪夢が世界を救ったんだ。どいつもこいつも俺《パパ》の悪夢の中の住人だ。住民税を支払え！　俺《パパ》の右目に居座るならば！　――俺《パパ》は悪夢の徴税吏人《タックス・コレクター》。耳を揃えて震えて眠れ。俺《パパ》が救った世界は、俺《パパ》だけのものだ!!」

氷蜜が砂場から立ち上がった。

一方の朝比奈レインボウは、砂場に座り込んだまま。

「傾聴に値する半生だ。君がこれまでに行った犯罪は許されるものではないが、充分に同情の余地があるとボクは思う。朝比奈レインボウ。今度こそ本校で、君の人生をやり直してみないかい？　ボクが考案した更生プログラムは、それを可能とするだけの法的根拠を有している。――それに君の有機電脳《ハーモナイザー》のオリジンとも呼べる粘菌は、君の脳に何か、致命的な影響を与えている可能性がある」

「ハリガネムシの唾液みたいに、俺《パパ》が粘菌ごときに操られているってのか？　人生をやり直すなんてくだらない選択肢を、俺《パパ》はとっくに捨てたんだ。壊れたレコードみたいに、一生同じことを言い直していろよ、〝Honey2080〟」

朝比奈レインボウは、砂場から立ち上がった。

悪夢のように濁った色の右目で、羽生氷蜜を覗き込む。

聖母のように穏やかで、慈《いつく》しみに満ちた微笑みを向ける。

「ところでおまえが知らない、有機電脳《ハーモナイザー》のルールを一つ教えてやろう」

「ボクが知らないルールだって？」

「粘菌の中には、音や振動に反応するという性質を持つものがいるのは知っているな？　これは実は、有機電脳の粘菌も同様なんだ。反応するのは何故か俺《パパ》の声紋だけで、それも俺《パパ》の歌声にしか反応しない。少し耳を澄ましてくれ」

朝比奈レインボウは、静かに歌った。

グレゴリオ単旋律聖歌《プレインチャント》――アヴェ・マリア・ステラ。

「この性質を、俺《パパ》は特別に走歌性《メロディ・タクシス》と名付けているが――どうだ。高熱、発汗。眩暈《めまい》、吐き気、悪寒。タチの悪い風邪の諸症状を全部まとめていっぺんに、自分の体に放り込まれたみたいな、最悪の気分じゃないか？」

歌声に耳を澄ませていた氷蜜は、肉体を襲った違和感に、一瞬だけ体をよろめかせたが、気合だけで砂場に踏みとどまった。

「歌唱による生体クラッキングだと――!?」

「察しがいいな。さっきの仮説の補足説明をさせてもらうが、〝Honey2080〟のメイン・コンピューターは現在、羽生氷蜜の頭部に換装されていると考えられる。頭蓋の中身を空っぽにしておく道理はないし、フライ・バイ・ワイアで遠隔操作するより、有機電脳《ハーモナイザー》と有機接続した方が、何かと合理的だからな」

慌てて耳を塞いだ氷蜜を、朝比奈レインボウは悪夢のような右目で覗き込む。

「耳を塞いでも無駄さ。俺《パパ》の悪夢からは逃げられない。普通の有機電脳《ハーモナイザー》の粘菌は小脳より上部、人間の意思決定を司《つかさど》る脳部位には根を伸ばさないよう成長がプロテクトされているが、そのプロテクトを俺《パパ》が外してやったら、どうなるんだろうな？　内部に黴の生えたパソコンがどうなるのかを想像するのが、一番近いのかもしれないな」

蜜蜂が女王蜂を守るように、勇ましいコメントが電子黒板《ビーズ・ボード》に急加速。

『やめろよぉ』『校長をいじめるなぁ！』『校長はやらせねぇぞ』『そういうのは駄目ですよ。もうゲームじゃない』『でるよでるよ！　でるよでるよ！』『やめろよぉ！』『やめろよぉ!!』

「黙ってろ有象無象!!　てめぇらも黴菌頭《ばいきんあたま》にしてやろうか!?」

朝比奈レインボウの一喝に、学生によるコメントは、蜂の巣に引っ込むように静まり返った。

ふらつく氷蜜は、それでも気丈に朝比奈レインボウを睨みつける。

「やってみろ朝比奈レインボウ。ボクは――ボクたちは、ここにある現実だ。キミの頭の中の悪夢なんて、簡単に塗り替えてみせる」

「お望み通り粘菌頭にしてやるよ〝Honey2080〟。ポンコツ気味の超ＡＩが、これにどんな解答を出すのか、俺《パパ》は少しだけ興味がある」

「ボクを舐めるなよ、人間ッ！」

校庭にアヴェ・マリアの歌声が響き渡る。

まるで、下校時刻を告げるメロディのように。

歌いながら朝比奈レインボウは、氷蜜の砂の城を蹴り砕く。

「――ゲームが一番面白くなるのは、ゲームが壊れる瞬間だぜ」

『まぁぁああてぇぇええぇえええええええぇぇえ！　いいぃいいいいいいいえええええろおおおおおお

おおおおおうううぅぅぅううううう！　おおおぉぉおおおにいぃぃいいいいちゃあああああんんだよおおおおおおおお!!』

ぼくの背後から、エンスト気味に唸るV８エンジンの排気筒音《エグゾースト》と、クリムゾン兄さんの恨みがましい声がドップラー効果を引いて追い駆けてくる。

ぼくは全身で発勁。

勁力を脚力に変換――全速力の〝武者走り《スピード・ラン》〟でその声を振り切る。

クリムゾン兄さんの魔改造マッハ１を振り切るのに、時間を使い過ぎた。

氷蜜が待つ〝牢獄〟――砂場に急がなくては。

右肩から脇腹に、強烈な衝撃が走る。

横合いからの痛烈な不意打ち。

祈るように両手を組んで放たれた、レインボウ父さんの鉄槌。

衝撃でぼくは、二メートルほどを吹き飛んで、校庭に倒れる。

「仲間を助けに来た泥棒を仕留めるのは、まぁケイドロの基本ではあるな」

《FOURTH HIT!》

――もう後がない。

即座に立ち上がろうとしたぼくの頭を、レインボウ父さんが鷲摑みにした。

「もう手遅れなんだよ、伊右衛郎《イエロー》。羽生氷蜜は死ぬ。今は生きているが、すぐに動かなくなる。この世の誰もがそうであるように。現実をよく見るんだ、伊右衛郎《イエロー》」

鷲摑みにされたぼくの頭が、砂場の方角に持ち上げられる。

氷蜜は砂場の上に、自分の吐いた吐瀉物塗れになって、倒れていた。

頭にカッと、血が昇った。

氷蜜が何をされたかわからないけど、父さんに何かをされた。

「〝ブレイク・プリズン〟──サッカーゴール！」

有機電脳の機能障害が、今の氷蜜の苦悶の原因だったならば、これで氷蜜は、どうにかするはずだった。

けれど氷蜜は苦しそうに身じろいだだけで、砂場から立ち上がることさえも出来そうになかった。

「可哀想な伊右衛郎《イエロー》。ゲームはもう終わったんだ。楽しい時間は瞬く間に過ぎ去り、そしてもう二度と戻らない。お友達と遊ぶ時間はもう過ぎて、俺《パパ》とお家に帰る時間だよ」

嫌だよ、父さん。

ぼくはまだ、ここで、氷蜜と遊《まな》んでいたいんだ。

ぼくの口から、スズメバチの羽音のような獰猛な唸り声が漏れ出ていた。

ぼくはまだ、氷蜜と一緒に音楽室に行っていないし、ぼくはまだ、氷蜜のために、ピアノを弾いていないんだ！

「しばらく見ない間に、随分反抗的な態度が出来るようになったな。やっぱり学校というのはよろしくない。子供が親に対して持つ、当然の敬意を失わせる」

氷蜜が砂場から、無理矢理に立ち上がっていた。

「そんなことは、ないぞ、朝比奈、レインボウ。本校の教育理念は、生徒の自主性を高め、自由に羽ばたく、力強い翼を、手にすることだ。イエロウは今、君という鎖から、飛び立とうとしている、だけなの、さ」

父さんが呆れたように呟いた。

「頑固なAIだ。まだ自我がこびりついてやがる。痛覚を切ってンのか？　頭の中は故障《バグ》だらけで、もう立ってられねぇくらいの不快感だろ」

氷蜜は、チェシャ猫のように笑う。

「大したことはない、な。もう一曲、アンコールを、所望《しょもう》する、くらいだ」

「あっそう。それじゃあ、お言葉に甘えて」

父さんが背筋が震えるくらいの美しい声で、歌い始める。

アヴェ・マリア。主はあなたと共に。

あなたは女のうちで祝福され、その御子からも祝福される。

アヴェ・マリア。主はあなたと共に。

われら罪人が今、死を迎える時に、お祈りください。

アヴェ・マリア。主はあなたと共に。

アヴェ・マリア。主はあなたと共に。

レインボウ父さんが聖歌のフレーズを、悪魔のように口ずさむ度に、取り返しのつかない痙攣が、氷蜜の全身を襲っていた。

「やめてよ、父さん、やめて」

「なに、イエロウ、こんなの、ぜんぜん、大したことじゃ、ない、さ。それよりも、そんなことよりもさ、キミに、聞いてほしいことが、あるんだ」

氷蜜は多分、精神力だけで立っている。

「ねぇ、父さん、やめてよ、ぼくが悪かったなら、謝るよ。もう二度と父さんには逆らわないし、悪いことだっていっぱいする。また人間相手に射的をやって、どっちがたくさん当てられるか競争しようよ。——だから、氷蜜のことはさ、見逃してやってよ。あんなやつのことなんか、父さんはどうだっていいじゃないか」

「いいから聞けッ！　イエロウ!!」

ぼくは氷蜜から、目を離せない。

「——大きな声を出してごめんね、イエロウ。ボクが伝えたいのは、キミが学園生活を著しく楽しく送るための攻略情報。ボクが考えた、キミだけの必勝チャートなんだ」

氷蜜は大きく息を吸い、巫山戯《ふざけ》た猫のように鷹揚《おうよう》に笑う。

「四月のもうすぐには、入学式の盛大なパレードが開かれる。キミをここに歓迎するための、盛大なパーティだよ。夜まで学生食堂では全メニュー無料の大食い大会が開かれる。本校の学生食堂は絶品だぞ。神田が誇る老舗《しにせ》名店の数々が提供しているからね。眼下に広がる百万ドルの千代田の夜景を楽しみながら、心ゆくまで味わっておくれ。

五月には、新入生オリエンテーションだね。本校各施設をゴー・カートで激しくチェイスしながらご紹介する。本気を出したボクのスピードに、ついてこれるかな？

六月には、イギリスとアメリカの姉妹校の生徒を招いた交流戦が行われる。強豪揃いで、キミにとって良い腕試しになるだろう。

七月といえば水泳大会だ。本校生徒たちが、男女ともに物凄い水着でパレードする。どれくらい凄いのかといえば……その先はキミの目で、是非確かめてくれ。

八月は夏休みで、肝試し大会だ。本校に放たれた七不思議ワンダリング・モンスターを、みんなで討伐するのさ。七不思議と言っても、実は八体の怪異が存在するから、最後まで気を抜いてはいけないぞ。

九月は寮対抗の体育祭、十月は文化祭レイドバトルだが、この二大イベントを説明するのは野暮……というか昨年度の馬鹿騒ぎを、一言で表現することが、今のボクにはできないんだ。

さて、十一月は待ちに待った修学旅行RTA《リアル・タイム・アタック》だ。キミだけの京都攻略チャートで、誰よりも速く京都を駆け抜けろ！

そして十二月はクリスマス・イベント。一年間良い子にしていたキミには、本校のスポンサーである企業連合から、素敵なプレゼントが贈られるぞ。もちろんボクからも、精一杯の愛を籠めさせてもらうよ？

一月には、転校生ピックアップ・ドラフト会議が開催される。二月には、三月には……、……あぁ、うん。なんだったっけな。とにかくたくさん、他にも心躍る隠しイベントが、本校行事には盛りだくさんなのさ。

……キミは頭が良くって、突飛なところがあるから、ボクの考えたチャート通りには、進んでくれないかもしれないけれど、ボクはキミの卒業まで、キミのことを全力サポートするよ」

氷蜜の目が急速に焦点を失い、壊れたように虚ろな笑顔を、ぼくに向ける。

「――試験管の中で発生した太陽は、イカロスの翼を灼くであるか？」「イエロウ？」「だって、彼はボクの、ファースト・キスの相手だからね」「ボクはキミにとっての――チェシャ猫を気取りたいだけさ」「必ずキミを救ってやるって約束する」「だから生きろ」「うるさいなぁ銀色くんは」「おっと、これはボクの出番のようだね」「ヒトミ、その子は、誰ですか？」「水脈は天上へと還るべきなのです」「当機は〝Honey2040〟です。誰も選ばなかった可能性から、在り得ざる未来を創造します」「はじめまして、ハニュウ・カガミ」「はじめまして、にんげん」「はじめまして、せかい」

ぼくは虚ろな氷蜜の笑顔が怖くなって、いやいやをするように校庭の砂に顔を埋めようとすると、父さんがぼくの前髪を摑んだ。

「学習ループに入ったな。最前列のかぶりつきで、よーく目を見開いておけ、伊右衛郎《イエロー》。あいつは今、人間で言うところの健忘症、あるいは精神崩壊の真っ最中なんだ。暴走したフレーミング走査による、ＡＩ自我のモデル崩壊が起こるぞ。死滅したデータを片っ端から穿り《ほじく》返し、機械知性の生存本能は、それでも生きろと轟き叫ぶ。超高性能の超《スーパー》ＡＩが、最期に夢見る走馬灯《ラスト・ヴィジョン》だ。ククク――何が起きる!?」

氷蜜が、不気味なほどに静かになった。

ぼくはその静けさを、取り返しのつかない予兆だと思った。

氷蜜は、ぼくに向かって、両腕を広げた。

「――三年間の、学園生活を、楽しんで、くれたかい？　蜂蜜のように、甘く、夢のような、学園生活で、あったならば、校長のボクは、幸いだ。自由であれ、キミよ。ここを旅立つキミ、旅立つキミに、キミの未来に、幸せが、ありますように。喜びが、ありますように。希望が、ありますように。キミの、未来、未来に――」

レインボウ父さんが、腹を抱えて大爆笑した。

「ハハハ、電子頭脳がとうとう狂ったな。ポンコツの断末魔《AI・スクリーム》だ」

違う。父さんが言っていることは、何もかもが違う。

氷蜜は今、卒業式の中にいるんだ。

三年間の更生プログラムを終えて、卒業するぼくに、祝禱を捧げているんだ。

氷蜜は、消えるチェシャ猫のように、ずっと笑っている。

氷蜜が叫んだ。

「ボクがいなくなっても――ッ」

氷蜜は。

最後なのに。

ぼくに。

猫のように。

最後に。

氷蜜が。

チェシャの。

——笑って。

「キミの現実《ゲーム》は、続く」

鏡の国に飛び込んだ少女アリスのように、氷蜜は校庭の砂場に、顔面から突っ伏した。

きっと現実《こっち》よりも居心地の良い場所を、見つけたんだろう。

いつまでも、氷蜜は砂場から、顔を上げようとしなかった。

「お気の毒ですが、羽生氷蜜の人格《セーブ・データ》は、消えてしまいました」

父さんの声が、遥か遠くから響いてくる。

氷蜜が残した断末魔《AI・スクリーム》だけが、ぼくの頭の中で渦巻いている。

きみは少女アリスなんかじゃなくって、チェシャ猫だったろ？　って場違いな感想が思い浮かぶ。

そうさ。首をギロチンで切られたって、まるで何事もなかったように、また氷蜜はぼくの前に姿を現すんだ。

ぼくは何もできないままでいる。

——お伽噺《とぎばなし》のチェシャ猫なんかではない氷蜜は、いつまでたっても、砂場から顔を上げようとしなかった。

「案外つまんねぇ顛末だったな。ＡＩの遺言《テスタメント》なんてのはセンチだが、ちとケレン味に欠ける。盛大に自爆でもして時空振《タイム・パラドクス》を引き起こし、時間のロールバックを実行できれば、もう少し冴えた結末になったかもな。俺《パパ》の神《ママ》に曰く——〃灰は灰に。塵は塵に。言葉は言葉に〃ってところか。——くだらねぇ」

父さんが鷲掴みにしていた右手の力を緩めて、ぼくの頭を撫でた。

「よし、スッキリしたな。帰るぞ《ゴー・ホーム》、伊右衛郎《イエロー》」

「今ぼく、しっぽを踏まれた、猫みたいな気分なんだよ」

ぼくは父さんの手を振り払い、立ち上がりざまに腰を落とした崩拳《ほうけん》を叩きこむ。

ぼくの黄色と黒の斑髪が、父さんの指に絡んで千切れ、宙を舞う。

ぼくの内側で、不機嫌なスズメバチみたいな羽音《バズ》が、唸っている。

「お？　どすこいどすこい、父さんとお相撲さんごっこだな、伊右衛郎《イエロー》！」

ぼくの内側で、唸り声をあげていた雀蜂たちが、一斉蜂起した。

ぼくは怒り狂ったスズメバチ。

おまえは無遠慮に蜂の巣をひっくり返した。

ぼくは親指で、特甲服の第一ボタンを、弾《はじ》くようにして外す。

封印されていた有機電脳《ハーモナイザー》の機能を開放。

企業ネットワーク／ダーク・ウェブ／政府兵器研究機関／犯罪結社／秘密結社——世界中のグローバル・ネットの海の底を浚《さら》うように攻撃的で破滅的な情報を掻き集めて、有機電脳内に片端から保存《ストレージ》する。

氷蜜を守らなかったルールに、意味なんかない。

『おおぉおおおにいぃいいいいちゃあああんんだよおおおおおおぅ！　いいぃいいいいいえええええろおおおおおおおおおおおうううぅうううう!!』

小平次を振り切って、エンジントラブルを解消したらしきクリムゾン兄さんが、魔改造マッハ1で砂場に突っ込んでくるが、役者じゃない。

ぼくは腰を落として左手を腰の後ろに回し、右手だけをマッハ1に向ける。

ぼくの乱暴な気分に呼応するように、イエロー・ジャケットの特甲服《コクーン》が、野生の雀蜂の巣のように形態変化《モーフィング》。

十二機のハニカム構造の増音器《サウンド・スピーカー》／対となる二十四機の集音器《サウンド・コレクター》。

腕までを鎧《よろ》う、雀蜂の針を模した銀灰色の籠手《ガントレット》。

特甲服《イエロー・ジャケット》の十二機の増音器《サウンド・スピーカー》が爆音を発生させ、二十四機の集音器《サウンド・コレクター》が音響兵器と同様の原理で、両手の籠手《ガントレット》の衝撃力に変換する。

猛突進するマッハ1に、ぼくは右の籠手《こて》を突き出す。

形意八卦掌——十二行拳。

爆音発勁《スクリーム・バースト》。

マッハ1のボンネットが飴細工のようにへしゃげ、約一．五トンの車体が、校庭の端まで吹き飛んでいった。

人間が耐えられる音の強度は百二十デシベルであり、仮に二百デシベル以上の音響エネルギーが力学エネルギーに変換された場合、理論上人間の頭部は粉砕する。

ぼくの怒りを測定したら、きっと十万デシベル以上の爆音だ。

「そうだ伊右衛郎《イエロー》。——男なら、拳《こいつ》だろう」

朝比奈レインボウ——ぼくの父さん。

ぼくのカミサマだった人。

こいつは謝ったたって、許さない。

ぼくは縮地でレインボウ父さんの懐に踏み込み、爆音発勁《スクリーム・バースト》。

轟音の一撃は、虹の矛盾鎧《ラグタイム・メイル》を貫いて、致命的一撃《グレイテスト・ヒット》。

父さんはノー・ダメージ——まるで巨大な津波を、丸腰の素手で叩いたようだった。

ぼくの握った爆音が割れ、父さんの虹色の光は健在だ。

虹の向こう側で、レインボウ父さんが笑った。

「——足腰の功夫《クンフー》がてんで足りてねぇ。百万回スクワットするんだ。地面と百万遍ファックするみたいに鍛え込むんだ。そう教えてやっただろ、伊右衛郎《イエロー》？」

ぼくは拳を握る。

もう一度爆音を握り締めて、素早く動く。

致傷するために／殺傷せしめるために／致命に至らしめるために。

——命に、響かせるために。

拳を唸らせてぼくは突進する／両足が地面を蹴る／けたたましく足音が響く／ぼくの全身から発する爆音を大地に乗せる／踏み足から重力を上向きに反発させる／十歩分の距離を一瞬で詰める／その突進の脚力を全て拳の勁力に変換する／爆音がぼくの拳を突き動かす／嵐のように両の拳を父さんに叩きつける／右の打撃の反発を左の打撃の勁力に変換する・左の打撃の反発を右の打撃の勁力に変換する／熱帯の大嵐のように両の籠手を激しく打ち付ける／全身から発する套路《トーロ》を力の滑走路《ラン・ウェイ》に変えて／ぼくはその拳を飛翔させる——父さんは調息／息を止めて左右からの打撃を受け止める／右の打撃の威力を左足に流していく／左の打撃の威力を右足に流していく／降り止まぬ拳打の大雨からその身を凌ぐように／拳の雨の隙間を縫うように父さんが攻撃に転じた／右拳が左肘・左拳が右肋骨／套路《トーロ》の力の道を狂わせる刺拳／攻撃的防御／レインボウ父さんは飛翔したぼくの拳打を高速の空手で撃墜していく。

ぼくの喉から、ぼくのじゃないみたいな皺枯《しわが》れ声が絞り出される。

「ごおおおおめんんなさあああああいってよぉ、はじめっからごおおおおめんなああさあああいってぺこぺこぺこ謝れよ!!　いいからいいからごおおおおめええええんなさあああいいしろよったく胸糞悪!!」

ぼくの攻撃性を鼓舞するように、特甲服から爆音のマーチが流れる。

レイフ・ヴォーン・ウィリアムズ〝すずめばち〟マーチング・ヴァージョン。

雀蜂の大群で押し潰すような打撃・打撃・打撃で父さんを圧し潰す――怒りのメロディはフル・ボリュームで鳴りっぱなし／『ハッピー☆ハレルヤ★ハレーション』＝芝刈り機のような足払い／父さんの体が宙に浮く／『チャタヌーガ・チュー・チュー』＝組みつくようにマウント・ポジションを選択／父さんは両腕で自分の顔面だけを守る――父さんの両腕のガードを突き抜けて爆音の勁力を乗せた発勁が突き刺さる＝『ブギウギ・ビューグル・ボーイ』

ドの音は赤色・レの色は黄色・ミの色は緑色・ファの音は橙色。

ソの音は青色・ラの音は紫色・シの音は銀色・♯《シャープ》の音は黒色。

七色に響く轟音マーチと共に／ぼくはアンダー・マウントの父さんに打撃を落とす／拳が肉体に減《め》り込むような全身への殴打／怨念じみた・執念深い殴打が／その一撃・一撃が重く・重く・重く
・レインボウ父さんの全身に沈み込んでいく。
「いいぞ伊右衛郎《イエロー》。――俺の神《パパ》みたい《ママ》だ」

だから何？

ぼくは怒りの化身。不機嫌で危険な雀蜂。爆音で激走する絶叫マシン。

ぼくの特甲服は、ぼくの怒りを倍増して拳に上乗せする。

蓄積した殴打のダメージが父さんの肉体を死へと導いていく／ぼくは右腕を大きく振り被った／父さんは両足を鋏のように開いてぼくの下半身を蟹挟む／父さんの両足に挟まれたぼくの下腹部が

強烈に締め上げられる――構わずにぼくは、死神が大鎌を振り下ろすように、拳を父さんの顔面に落とす。

ぼくは死神の拳で、父さんの意識を刈り取った――はずだった。

永遠のような一秒《ワンタイム・ライク・フォーエヴァー》。

永遠にも思える一瞬の中で、父さんの拳に、神が宿った。

父さんが無意識の中で突き上げた拳が、組み敷いたぼくの体を、校庭の天井付近まで、何かのジョークのように吹き飛ばした。

意識のないレインボウ父さんは背中で床を踏み込んでいた／全身の体重を背中から拳の一点に移動させていた／ぼくに向けて拳をロケット砲のように激しく撃ち上げていた。

この背による勁力の発生を背靠勁《はいこうけい》と呼び――。

――この拳打を即ち、堕背昇打《ついはいしょうだ》という。

レインボウ父さんは、背中で跳んだ。

発条仕掛けの人形のように飛び上がり、両足で地面を踏み蹴った。天井から落下するぼくを、勁を乗せた渾身の打撃で、思い切り撃ち抜いた。

「オオオオオオオオオオオオオオォ――――ッ」

意識のない父さんが咆哮する。

仁王立ちする父さんは、これまでになく激しく、蜷色《にないろ》に輝いている。

立ち上がったぼくの拳の気配に反応して、父さんの拳がカウンター・ヒット。

虹色の拳風が吹き荒《すさ》び、ぼくの拳が籠手ごと引き裂かれる。

——家族ってのは、性的なものなのさ。伊右衛郎《イエロー》。

性的なものが家族だと、言い切ってもいい。

唾液腺の発達とともに、唇から快楽を飲み込んだ愛しき幼年期。雄々しく屹立《きつりつ》した前立腺に、脳みそを支配された青臭き思春期。そして生殖腺の衰えとともに、性ホルモンに振り回される、忌まわしき更年期。

衝動的な本能に従う老幼男女の獣たちが、自己の身の安全を守るために寄り集まった、家族という名前をした欺瞞。

厭らしくて、汚くて、道路に貼りついたチューイングガムみたいに、べたべたした気持ちの悪いものたちの成れの果てが、俺《パパ》たち家族さ。

俺《パパ》たちの始まりが——俺《パパ》の神《ママ》が、そうだったからかな。

俺《パパ》はその醜悪さを、常識や非常識や、既成概念で取り繕ったりはしない。

気持ちの悪いものを、気持ちの悪いままで愛しているだけさ。

俺《パパ》は自分を愛するように、おまえたちを愛している。

血の絆だけが、俺《パパ》たちを家族たらしめる。

おまえだって、そうだろう？

父さんは拳で語る。

肉体の躍動で／力の摩擦で／拳の衣擦れで——暴力の気配で。

怒りで増感したぼくの特甲服が、拳法の聴勁《ちょうけい》のように雄弁に、父さんの言葉を語りかける。

意識がなくなっても、父さんの拳は、父さんの言葉だった。

父と子が語り合うように、ぼくたちは拳を交わす。

違うんだよ、父さん。

父さんが言う家族には、母さんたちが含まれていない。

家族ってきっと、見ず知らずの他人ごと、愛することだ。

血の絆では縛りつけられない、いずれ罅割《ひびわ》れる他者との繋がりを、その罅割れごと愛することなんだよ。

だって、父さんが自分で言っていたじゃないか。

恋は遺伝子なんかに、支配されたりしないって。

——ぼくは父さんのことが、好きだった。

ぼくの母さんを殺して、ぼくのことを殴って、ぼくのことを性的に虐待して。——今まさに、ぼくのことを、めちゃくちゃな怪物に仕立てあげようとしていたって、ぼくは父さんのことが大好きだった。

世界中から悪態を吐《つ》かれ、罵《ののし》られ、足蹴《あしげ》にされたとしても、悪夢のような右目で睨みつけ、世界中を馬鹿にしたように嘲笑する父さんのことが、大大大好きだった。

でも、今のぼくは、父さんよりも、氷蜜のことが、大大大大大大大大大大好きだったんだよ！

ぼくは大大大好きだった父さんの、ナイフエッジみたいに尖った顎先に、本腰を入れた左拳を叩きつける。

――拳戟《けんげき》は澄んでいた。

ただ、純粋に、澄んでいる。

ぼくたちが肉を打つ拳の打撃の破壊力は、吸い込まれるように地面へと伝導し、その破壊力は両足から反発し、倍の打撃力となって相手へと返る。

その逆も、また然り。

そこに音はなく、ただ力の循環だけが存在する。

破壊の力は互いの拳を通じて、淀みなくぼくたちの肉体内を循環している。

「オォ――――――ッ！」

父さんは絶叫し、レインボー発光する。

逃げ場を失った力の奔流が、遂に父さんから溢れ出したのだ。

満身の力で父さんは右足を踏み込んだ――大地は無二の親友のように反発する力で父さんに応えた／父さんは右腕を大きく振りかぶる／巨大な力が父さんの拳に宿る／人体には身の余る丈の、巨大な勁力がぼくを追い詰める――。

――ぎりぎりの崖っぷち／人生の画面端。

『やっちまえ、チビ』『オレたちは黙らねぇぞ』『叫ぶぞ』『相方の分まで』『行こうぜ』『いくぜいくぜ！　いくぜいくぜいくぜ！』『Shout out your Voice. ごー。いえろー、ごー！』『校長の仇を討て！』『叫べ校訓!!』『挑戦《チャレンジ》！』『配信《ストリーム》！』『広告収入《プロパゲート・マネタイズ》!!』『挑戦《チャレンジ》！』『配信《ストリーム》！』

『広告収入《プロパゲート・マネタイズ》!!』『挑戦《チャレンジ》！』『配信《ストリーム》！』『広告収入《プロパゲート・マネタイズ》!!』『挑戦《チャレンジ》！』『配信《ストリーム》！』

『広告収入《プロパゲート・マネタイズ》!!』

巣穴から蜜蜂たちが、おっかなびっくり顔を出すような電子黒板《ビーズ・ボード》のコメントが、ぼくの視界表示を埋めつくした。

爆音発勁《スクリーム・バースト》。

「挑戦《チャレンジ》！　配信《ストリーム》！　広告収入《プロパゲート・マネタイズ》!!」

なんだかよくわからないタイプの、おかしな力が、ぼくの全身に漲《みなぎ》った。

氷蜜が言っていたことは、全部本当だった。

爆音発勁《スクリーム・バースト》――ぼくは特甲服から溢れ出さんとする爆音の奔流を垂直の震脚を以て制圧する／ぼくの上半身が鋭く沈み込む／下半身が円舞のように回転する／力の奔流が下向きの螺旋を描いて父さんの右足の一点に集中する／地を這うような左の下段回し蹴り／地面と拳／巨大な力と父さんとの接続を／ぼくは飛燕《ひえん》の如く切断する。

「アァ――――――ッ！」

ぼくもまた咆哮した／力が渦を巻いて体内で暴れている／ぼくは右の拳を縦に構えた／後方に低く一歩を踏む／身の内に抑え込んだ力が右拳の一点に集中する。

ぼくの拳が／宙を泳いだ父さんの額・人中・顎を照準する／真っ直ぐな光線のように発射される

——光のような速度の拳が父さんの顔面急所を撃ち抜く／父さんが白目を剝いて前に倒れていく。

三条に奔《はし》った、スズメバチの針のように——。

この刹那の寸隙に放たれた寸勁の三連撃《スリーポイント・バースト》。

——この激しくも美しい拳撃に、名前は無い。

父さんが校庭に前のめりにダウンすると、闘争の緊張感とアドレナリンがいきなり切れたのか、ぼくは尻もちをついて校庭に座り込む。

ここまで殆ど無呼吸で動いていたぼくは、激しく息を吸い込んだ。

野生の雀蜂の巣のように特甲服《コクーン》の外側に突き出していた、ぼくの特甲服のスズメバチ外装が、元の制服の形を取り戻していく。

激しい怒りが静まった後には、悲しみと虚しさしか、ぼくには残らなかった。

——この殴り合いに、意味なんかないんだ。

だって氷蜜が、これで生き返ったりはしないんだから。

ぼくは校庭に倒れた氷蜜を抱き寄せる。

吐瀉物と砂に塗《まみ》れた氷蜜の顔を、特甲服の袖で拭う。

ぼくはきっと、氷蜜のことが、好きだった。

お調子者で、ロマンチストで、チェシャ猫のように笑う女の子を。


ぼくは、氷蜜を、守れなかったんだ。

Epilogue：GAME IS START

――これは夢だ。


これは夢だから、夢の中のぼくは蜂蜜《ハニー・イエロー》色の有機コンピューターの前で、途方に暮れた子供みたいに立ち尽くしているし、その隣には小さなぼくがお気に入りだった、大きな大きなベヒシュタインのグランド・ピアノが鎮座していた。

蜂蜜《ハニー・イエロー》色の有機コンピューターの画面から、いきなり氷蜜が飛び出した。

「イエロウ！　逢いたかったよ！」

夢だからなんでもありだ。

「ぼくも――逢いたかったよ。氷蜜」

ぼくは氷蜜を抱き締める――氷蜜の黒髪からは、甘酸っぱい桜の匂いがした。

「あれから――あれから、色々なことがあってね。キミが気絶している間に、エマがボクのバックアップ・データをサルベージしてくれたんだ。それでどうにかこの、全感覚没入空間《フルダイブ・ルーム》では、ボクの意識を継続することができそうなんだよ」

ぼくは抱き締めた氷蜜の姿を、そっと引き離す。

二度と引き離したくないような引力が、そこにはあった。

「そうだったんだ。——本物の、羽生氷蜜さん？　それとも、今まで通り、エマって呼んだ方がいい？」

氷蜜だった姿が、メイド型のオーガノイド——エマの姿に変貌する。

「——バレバレでしたか。見破られたのはやはり、愛の力でしょうか？」

「そんなんじゃないよ。氷蜜は——ハニーはもっと、無自覚に人を小馬鹿にしたように喋るから。銀色は騙せるかもしれないけど、小平次はダメ。それくらいの演技力」

「成程。そういう感じでしたか。増々精進いたします、朝比奈イエロウ」

「エマが本物の羽生氷蜜なのかなって思ったのは、ぼくの不規則発言に対して、今までのエマの受け答えが、正確過ぎたから。言語AIってさ、結構嘘を吐《つ》くんだ。自分の中に収集した言葉を、無節操に継《つ》ぎ接《は》ぎにしちゃうからね。——ハニーだって、よく虚勢を張ったり、バレバレの嘘を吐いたり、誤魔化したりしていただろ？」

「今の言葉は、お嬢様への称賛として記録しておきます」

「ありがと、エマ。——あれから、父さんたちはどうなったの？」

どうやらここは、夢の中ではなかったようだから、ぼくは気になっていたことを、エマに聞くことにする。

「コヘイジが手配した警察官に引き渡されましたが、護送中に目を覚ました朝比奈レインボウが反乱。一家全員が国外に逃亡した模様です」

「まぁ、そうだろうね。父さんたちが行こうと思えば、どこにだって行けるから。——それで、ここはどこ？　全感覚没入空間《フルダイブ・ルーム》であることは確からしいけど、どうしてぼくは、ここにいるの？」

「ここはアサヒナイエロウが〝第一ボタンを外した〟場合に肉体を拘束し、意識を転送する特別な全感覚没入空間《フルダイブ・ルーム》です。氷蜜お嬢様は危険視されておりませんでしたが、我が校の校則を自由に破るアサヒナイエロウには、頑丈な鉄格子が必要でしょう？」

「そうだね。エマには——氷蜜さんには、ぼくの危険性がわかってもらえて嬉しいよ。ぼくはこの学園で、何一つ遊《まな》べなかった。たぶん学習能力とかが欠けているんだ。小学校中退だから。怒ったぼくが原子爆弾とかを構築する前に、ここに永遠に閉じ込めてしまった方がいい」

　どうせこっちにもあっちにも、本当の氷蜜はもう、いないんだから。

　エマは溜息を吐いた。

「ここへの投獄は一時的なものです。アサヒナイエロウ。それから今まで通り、この姿の私のことは、エマと呼んで構いません。私にとっても彼女は——羽生氷蜜でしたから」

　ぼくは単純に不思議に思っていたことを、問いにして放つ。

「どうして、エマと氷蜜は、立場を入れ替えていたの？　生存のために脳と肉体を切り離す必要があったとしても、エマの義体を遠隔操作出来るなら、わざわざ立場まで入れ替わる必要はないと思うのだけれど」

「約束が、あったからです」

「聞かせて」

　それは本当の氷蜜には、聞けなかったことだから。

「あの頃の私は、病気とは別に世を儚《はかな》んでいました。生きていたくない、さっさと死んでしまいたいと。私の家族も、私の取り巻き連中《サイド・キックス》も、私の――羽生氷蜜の肉体の生存だけが望みで、私という存在《ゴースト》を、本当には必要としてはいなかったから」

　エマは氷蜜との、大切な記憶を思い出しているようだった。

「ところが、私を治療するために突然現れた奇妙なＡＩ――彼女の話を聞いているうちに、なんだか私は、彼女の恋を応援したくなってしまったのです。彼女の恋が成就するのを、一番近くで見てみたいって。――だから、彼女と約束をしたのです。彼女とアサヒナイエロウが結ばれるならば、生きてやってもいい、と。……私と肉の器を交換してからの〝彼女〟はきっと、私よりも、私らしかった」

「でもやっぱり、立場を入れ替える必要は、なかった気がするけど」

　エマが微笑んだ。

「それはアサヒナイエロウの言う通りでしたね。私が想像していたものより、あなたと彼女の恋は、もっと純粋なものでした」

　ハニーがどんな姿だって、ぼくはきっと、ハニーのことを愛していたと思う。

あの少しだけ愚かな、チェシャ猫の氷蜜のことを。

「――彼女は生きています。私の中で」

「エマの思い出の中で、氷蜜が生きてるってセンチメンタルな話なら、ぼくは聞かないよ」

なんだかぼくは、氷蜜との思い出が汚されたような気がして、ぶっきらぼうな口調になってしまう。

「そういうことではありません。アサヒナイエロウ。――私の結晶化した脳には、彼女と過ごした七年間が、正確に記録《ダビング》されております。私の結晶化《クリスタライズ》現象した脳から彼女の記憶だけを抽出し、その記録から再現した〝羽生氷蜜〟の人格を、再び私の肉体に換装するのです」

「それはぼくが知っている、羽生氷蜜じゃない」

「ですが、かつての彼女を知るあなたが、彼女を教育して育てる、という提案ではどうでしょう?」

ぼくは言葉に詰まる。

「これは恋愛育成SLGのようなものだと、お考えください。あなたと私で完璧な羽生氷蜜を育て、これからの学園生活を送る中で、再び彼女と恋に落ちるのです。そうすれば、もしかしたら、私とあなたは、もう一度、彼女と出会えるかもしれません」

「ぼくはきっと、偽物の氷蜜のことは、好きにならないよ」

エマの姿が、もう一度氷蜜の姿に変貌する。

エマ＝氷蜜は、チェシャの猫のように、気取って笑う。

「これから彼女を精一杯演じますから――嘘の私を、愛してください」


西暦二〇九七年。四月十五日。

羽生芸夢学園《ハニーゲーム・スクール》――〝入学式〟。

「イエローってば、ネクタイが曲がってる」

入学式に向かうぼくの前に、ペチカを連れた銀色が現れた。

銀色の左手はギプス姿。まだ父さんに壊《や》られた怪我が、治っちゃいない。

「ぼくは大丈夫。銀色の方こそ、まだ無理はしないで、安静にしていて」

「精密検査では脳の異常は見つからなかったし、羽生のナノマシンで臓器は治療済み。骨折だって、再来週には完治する。――それにペチカのお散歩は、わたしの足でやりたいから」

銀色は手早くぼくの曲がった黄色のネクタイを直すと、これでよし、と頷いた。

「銀色ってば、本当のお姉ちゃんみたいだ」

銀色の頬が赤く染まる。

ペチカがわふんわふん、とぼくに鳴いた。

「ごめんごめん、散歩の途中だったね。――それじゃ、行ってくる。銀色。ペチカ」

「入学式が終わったら、学生食堂で待ってる。いっぱいお祝いしようね、イエロー」

ぼくは頷いてから、銀色とペチカと別れる。

羽生芸夢学園の二千人が収容可能な広い講堂では、新入生と来賓のために、五百台のゲーミング

・チェアーが並んでいた。
「おう、伊右衛郎、こっちだこっち！」

ぼくが有機電脳で自分の席の場所を確認していると、最前列の席で小平次が大きく右手を振っていた。

「ありがと、小平次」

「なんてこたないさ。──しかし、今日の入学式に集まってるのは、札付きの悪童ばっかりだぜ。〝小説《ペーパーバック・ハザード》禍〟の木村現実。〝人面鬼心《トゥルー・ハート》〟の香取太秦。〝純真眼鏡《イノセント・ダーク》〟の笠木町香澄。〝超科学《エルサ・ゲート》〟のアレックス・シュタインベルガー。他にもやべぇのがわんさかいるぜ……」

小平次は今にも胸から手錠を取り出しそうだった。

「友達になれそうかな？」

小平次は一瞬だけ驚いたように目を見開くと、優しく目尻を細めた。

「おまえなら、望むだけできるさ」

ぼくが手を膝に当てて、静かに待っていると、壇上に羽生家家紋、蜜蜂マークの〝ハニュウ・コーポレーション〟社章、槌《つち》と鍛冶台が印象的な〝鍛冶屋連合〟社章、一つ目印の〝弁天堂ゲームズ〟社章、闘技場を象《かたど》った〝五菱重工〟の社章──五紋の色留袖に身を包んだ、晴れ姿の氷蜜が登壇する。

「諸君《ピーズ》、校長兼、新入生代表の羽生氷蜜だ。諸君に出会えて、ボクは大変嬉しい。ボクはともに、キミたちと学生生活を遊《まな》べることを、心から楽しみにしていた」

氷蜜は大きく両手を広げ、抱き締めるように祝辞を述べる。

「諸君《ビーズ》、選《え》りすぐられた百戦錬磨の精鋭たちよ。ゲーミング文化が生み出した、不屈のキミたちよ。本校の授業を攻略するために、キミたちはいくつもの長い夜を、不眠不休の一人きりで越えることになるだろう。

アクションゲーム、格闘ゲーム、ロールプレイングゲーム、ノベルゲーム、恋愛シミュレーションゲーム、ソーシャルゲーム、FPS、アドベンチャーゲーム、音楽ゲーム、トレーディングカードゲーム——。

——きっとキミたちのこれまでのゲーム体験を総動員しても、攻略不可能な難攻不落の壁に突き当たり、悔しくて二度とゲーム・コントローラーが握れなくなる日だって、あるかもしれない。

しかし諸君《ビーズ》——本校には、キミたちが集ったこの本校には、頼もしい同輩の友人がいる。優しくもお茶目な先輩がいる。厳しくも恐ろしいモンスター教師だっているし、来年度には蜂の子のように可愛らしい後輩だって、やってくる。

本校の校訓は〝挑戦《チャレンジ》、配信《ストリーム》、広告収入《プロパゲート・マネタイズ》〟——この校訓の下に、大いに協力し、競合し、驚嘆しながら、本校が提供する学習指導要領《カリキュラム》を討伐してやってくれ。

そして願わくは——諸君らの学生生活が、蜂蜜のように甘く、夢のようなゲーム生活であることを、ボクは祈る」

壇上で演説する氷蜜と、ぼくの視線が交錯する。

「生徒代表——アサヒナイエロウ。壇上へどうぞ」

ぼくは最前列のゲーミング・チェアーから立ち上がり、壇上の氷蜜の前に立つ。

氷蜜に一礼した後、ぼくは講堂の新入生たちに振り向く。

「ぼくの名前は、朝比奈伊右衛郎です。

朝比奈は少し珍しい名字ですが、この名字はぼくにとっては、特別な名字です。

みんなにとっても特別な、忌まわしい名前かもしれません。もしかしたら、ぼくが本当のことをお話しするだけで、嫌な気持ちになってしまう人だって、いるかもしれません。

ぼくは、朝比奈伊右衛郎。

アサヒナ・ファミリーの一員で、朝比奈レインボウの息子です」

講堂がざわめきと、どよめきに満ち、おいおいマジかよ、という感じで最前列の小平次が、両目を白黒とさせた。

「傷害、殺人、暴行、窃盗、強盗、拉致、監禁、恐喝、詐欺、電脳犯罪——あらゆる犯罪の共犯者であり、あらゆる法律の造反者であることが、アサヒナ・ファミリーの一員だった、過去のぼくの誇りでした。

今年度の新入生は、元電脳犯罪者が、多く入学すると聞いています。ここが学校機関ではなく、ニューヨーク刑務所の共同房だったら、きっとぼくは、みんなから牢名主《ロウヤ・マスター》と呼ばれていたことでしょう。

ぼくは小学校中退で、幼稚園児でも知っているような、義務教育以前の常識しかわかりません。この場に相応《ふさわ》しい言葉も、本当には、わかっていません。だから。——だから、ここにいるみんなには、言葉よりも行動で、ぼくのことをわかってほしいと、思っているんだ」

ぼくは特甲服を、脱ぎ捨てる。

ぼくの特甲服のアンダー・ウェアには、背中を大きく開けた、白色のシングル・ワンピースの水着を仕込んである。

腰元のフリルの水色スカートだって、ばっちり決まっている。

水着姿のぼくは頭を一度下げた後、静かに壇上を三歩後ずさる。

壇上の床に跪き、指先を揃えた両手を、膝に置く。

正座した背筋を伸ばし、真っすぐな視線を講堂の新入生たちに向ける。

「アサヒナ・ファミリーは、回避不可能な自然災害なんかじゃありません。裏技とかバグとかチートみたいな、非実在のキャラクターでもありません。世界を滅ぼそうとしている魔王と、その幹部でもありません。

ただの可哀想な、家族たちの寄り集まりです。

だからどうか、家族の一員ではなくなったぼくが、学校に通うことを、お許しください。ぼくがどうか、この学校で遊《まな》ぶことを、お許しください。ぼくがみんなと共に、現実《ここ》に入学することを、お許しください」

ぼくは三つ指に揃えた指先に、全力を籠める。

ぼくの行動が、体が、心が——言葉になるように。

もしも、ぼくと新入生たちを隔てる、視えない透明なガラスが目の前にあるのだとしたら、コナゴナに砕いてやるぞ、という尋常ではない気迫を籠めた。

額を床に打ち付けるように、ぼくは深々と頭を下げた。

氷蜜直伝の――〝水着土下座〟

講堂が、水を打ったように静まり返った。

頭を下げたぼくには、今、目の前で何が起こっているのかは、わからない。

新入生が今まさに一斉に立ち上がって、ぼくに復讐の九ミリ弾を叩き込もうとしても、どうしようもない。

有機電脳《ハーモナイザー》に着信《インバウンド》――電子黒板《ビーズ・ボード》の新入生からのメッセージ。

『これが噂の水着土下座……！』『御美事、御美事です』『配信見たよー』『許す！』『いいから頭を上げろやゴラァ』『前代未聞の新入生！』『ヒュー！』『号外、号外だよー！　元アサヒナファミリーの生土下座だよー！』『無様な土下座ですわね。武家の土下座を――わたくしが教えて差し上げますわ』『まったくどうして道化《どうか》している。御菓子《おかし》な高校に来て仕舞《しま》ったものだ……！』『一緒に学校に行こうねー』『アィイイ！』『波瀾万丈の学園生活になりそうだぜ』『やべぇよ、とにかくあの小さいのは、一体どっちなんだよ!?』

ぼくは頭を下げ続けている。

許しを請い、許しを得るまでが、土下座だからだ。

ぼくは、ぼくが殺されたって、頭を上げるわけにはいかないんだ。

講堂は静まり返っている。

壇上の役者の次の行動を、息を吞んで待つ観客のように。

——壇上の氷蜜が、ぼくの揃えた指先をとって、座り込んだぼくを、もう一度立ち上がらせる。

「皆、イエロウを許してくれて、ありがとう。流石はボクたちが選りすぐった、本年度のスーパー・ルーキーたちだ。

イエロウは今、更生への一歩を踏み出した。

これに異議があるものは、イエロウの退学をかけて、ルールに基づいた決闘を行ってもらう。もちろん、異議申し立てをした人物が、退学になるなんてことはない。掃除当番だとか、ボランティア活動だとか、それなりのペナルティは用意してあるけどね。

これからのきみたちの、ゲーミング高校生活を豊かに彩る、サブイベントの一つだと思って頂ければ、校長のボクは幸いだ」

氷蜜はもう一度皆に両手を広げ、高らかに宣言する。

「さぁ、新しい現実《ゲーム》を始めよう。——ボクたちと一緒に」


ぼくのゲームは続く。

ぼくはまだ、本当の氷蜜とは再会できていないし、約束のピアノだって弾いていない。

友達だって百人以上つくりたいし、部活にだって入りたい。

ぼくの学園生活は今始まったばかりだし、これまでの家族との縁だって、完全には断ち切れていない。

ぼくのゲームは続く。

学校の宿題を片づけるために、幾つもの長い夜を一人きりで越えなくてはならないだろうし、まだ見ぬルーム・メイトとの共同生活のことも考えなきゃならないしで、これからやらなきゃならない授業《クエスト》が、きっと山積みだ。

それでもぼくは、この学園で、ゲームを続けたいと思っている。

ぼくたちの現実《ゲーム》は続く。

きみに出会うために。

きみとぼくが、もう一度出会うために。

少しだけ愚かな夢想家で、隠し事が下手くそで、大袈裟な喋り方で、無駄に人間を見下していて、その癖、人間を愛していて。

お調子者で／ロマンチストで／桜の中で——巫山戯《ふざけ》たチェシャ猫のように、ぼくに笑いかける——〝彼女《ハニー》〟

——もう一度、きみに出会うために。

〈了〉

あとがき

今でも耳の奥にこびりついて、離れない悲鳴がある。

おかあさーん、それから小さくおとうさーん、と呼ぶ、子供の悲鳴。

時刻は夜で、人気の失せた路地で、頼りなく街灯が住宅地を照らしていた。

両親のどちらかに殴られて、家から締め出された子供の泣き声だ。

男と女が罵り合う中で、子供の泣き声はずっと、夜道で谺していた。

私が小学生で、確か習い事の帰り道の出来事だったから、今からほんの二十数年前くらいの出来事だったと思う。

あの夜道で泣いていた子供は、無事に家に帰れたのだろうか？

家に帰った後で、あの子供は、どうなったのだろう？

あの呼び声は、本当は誰を呼んでいたのだろう？

二十数年前のあの頃は、当たり前のように、家の外側で、親が子供を——強いものが、弱いものを殴っていた。

それでは、監視カメラがそこら中の路上に設置され、SNSなどで相互監視体制が敷かれた、あれから二十数年後の今では、彼らの暴力がなくなったのかといえば——そうではなかったようだ。どうやら彼らの暴力は、巧妙にドメスティックの内側に隠されて、彼らは、外ではやらなくなっただけのようだった。

いつまでも消えない頰の痣、理由のわからない不機嫌さ、ニコニコとした能面のような笑み、急降下する成績——。

私が教員だった数年間は、そういった声や、言葉にならなかった悲鳴に、耳を傾け続けていただけのような気もしている。

私のデビュー作である『イエロー・ジャケット／アイスクリーム』は、家族から逃げ出したくて、学校（あるいはゲームセンターや図書館だろうか）にしか居場所がなかった子供たちと、元子供たちのために描かれたものだから、いささか風変りな作品であることには間違いがない。

しかし、この物語を最後までお読みいただいたあなたには、決してウケ狙いや、おふざけだけの気持ちで、私がこの作品を書き始めたわけではないことが、わかっていただけると思う。

以降は謝辞を。

元沖方塾メンバー、元SF研メンバー、元同僚、元生徒、家族、恩師&友人ズ、タイムラインの謎の人びと、海藍先生、モズメさん、そして担当編集である塩澤快浩様、並びに、この本の出版にご助力頂いた、早川書房のすべての皆様方。

このあぶなっかしい作品と作者が、かろうじて、ギリギリのところで出版にこぎつけたのは、疑いようもなく、皆さまの善意によるものであります。

本当にありがとうございました（またご迷惑をおかけいたしますことをご承知いただければ幸いに御座います……）。

そしてカバーイラストに、とんでもなく素晴らしい氷蜜を描いてくださった白色灯様には、スペシャルなサンクスを！（またどうぞよろしくお願いいたします！）

二点、謝罪を。

イエロージャケット、という名称は、和名では主にセグロスズメバチなど、小型の雀蜂に適用される名称で、キイロスズメバチには殆ど使われない名称ですが、語感とイメージを優先しております。

令尹は本来、春秋戦国時代の楚国の最高位の大臣を意味する言葉でありますが、御曹司、という言葉を使いたくなかった（学園生徒にボンボン感が出ちゃう気がした）ため、男の息子、という意味で作中使用しております。

言葉の正しさよりも、語感の方を優先していること、ここにお詫びいたします。

最後に『イエロー・ジャケット／アイスクリーム』は、この世のすべての作品がそうであるように、多くの物語と人、そして音楽に多くを与えられ、恵まれた作品となりました。

この物語が続くことで、読者であるあなたにも、多くの恵みと実りがあることを祈って。

木村　浪漫　拝

この物語はフィクションであり、実在する人物、
団体などとは一切関係ありません。
本書は書き下ろしです。

イエロー・ジャケット／アイスクリーム

二〇二四年四月二十日　印刷
二〇二四年四月二十五日　発行

著者　木《き》村《むら》浪《ろ》漫《まん》
発行者　早川　浩
発行所　株式会社　早川書房
郵便番号　一〇一-〇〇四六
東京都千代田区神田多町二ノ二
電話　〇三-三二五二-三一一一
振替　〇〇一六〇-三-四七七九九
https://www.hayakawa-online.co.jp
定価はカバーに表示してあります

印刷・製本／三松堂株式会社

ISBN978-4-15-210323-9 C0093